13 perros

Editorial Bambú
es un sello de Editorial Casals, SA

© 2013, Fernando Lalana
© 2013, Editorial Casals, SA
Casp, 79 - 08013
Barcelona
Tel. 902 107 007
editorialbambu.com
bambulector.com

Diseño de la colección: Estudi Miquel Puig
Ilustración de cubierta: Francesc Punsola

Séptima edición: octubre de 2021
ISBN: 978-84-8343-273-0
Depósito legal: B-16229-2013
Printed in Spain
Impreso en Anzos, SL
Fuenlabrada (Madrid)

El papel utilizado para la impresión
de este libro procede de bosques
gestionados de manera sostenible.

13 PERROS

FERNANDO LALANA

bam bú

EDITORIAL

Previo (lunes)

El asunto Cuencasat y el falso puro del general Cascorro

El teniente Felipe Manley había querido ser espía desde que tuvo uso de razón. Su padre ya fue espía, y también su abuelo, así que la vocación le venía de familia. Y al terminar el colegio, decidió estudiar para espía. Durante muchos años, actuó para el Servicio de Operaciones Especiales (SEROPES). Tras un oscuro período en Sudamérica, ahora, ya retirado de la acción directa, había regresado a España para colaborar como analista en la sede central del Gabinete de Análisis (GABANA), uno de los departamentos más exclusivos del Centro Nacional de Inteligencia (CNI), los servicios secretos españoles.

Manley era un tipo listo, por eso se percató enseguida de la importancia del informe que encontró sobre su mesa aquella mañana. Lo leyó con atención, solicitó información adicional y, con unas cuantas conclusiones garabateadas en un papel, se dirigió al despacho del General Benigno Cascorro, su inmediato superior.

–¿Da su permiso, mi general?
–Adelante, Manley, adelante.
El general Cascorro apoyaba los pies sobre su mesa y aparecía envuelto en una humareda azulada procedente del enorme puro que fumaba con deleite.
–Pero, mi general... le recuerdo que está prohibido fumar dentro de las instalaciones.
–Ya lo sé, hombre, ya lo sé. Se trata de un puro falso. Un puro electrónico, de última tecnología japonesa. Sabe como el tubo de escape de una furgoneta Ford pero, al menos, parece un puro. Es una cuestión de imagen. Un general sin un puro es como... como un jardín sin flores, ¿no cree? Bueno, ¿qué tripa se le ha roto?
Manley carraspeó.
–Mi general, creo que estamos ante una posible situación de emergencia.
–Habrá que bombardear, entonces. ¡Que se preparen los B–52! ¡Código rojo!
El teniente Manley se rascó concienzudamente la ceja derecha mientras suspiraba.
–Me temo que... no se trata de algo que podamos solventar con un bombardeo, mi general.
–¿No? ¡Qué raro! Si algo he aprendido en mis muchos años como militar, es que casi todos los problemas se pueden arreglar con una buena bomba en el momento oportuno. Sobre todo, si es de fósforo. Son mis favoritas. ¡Cómo

brillan al explotar! ¡Y lo bien que huelen! ¿Ha olido alguna vez una bomba de fósforo, Manley?

–No, no señor. Yo nunca he entrado en combate.

–Pues no sabe lo que se pierde. ¡Ah, qué recuerdos...!
Entonces, me decía que...

–Se trata del Cuencasat, mi general.

–¡Que lo fusilen!

–¿Cómo?

–¿Sabe por qué el mundo anda tan mal, Manley? ¡Porque se fusila poco! ¡Ah, si yo fuera presidente de este
país...! ¡Íbamos a salir a fusilamiento diario! Ya vería usted
lo que iba a cambiar el panorama en cuatro días.

–No lo dudo. Pero al Cuencasat no se le puede fusilar,
mi general. Se trata de un satélite artificial.

–¡Un satélite, dice! ¿Y usted cómo lo sabe?

–Porque el nombre acaba en –sat, mi general. Casi todo
lo que acaba en –sat es un satélite: Hispasat, Eutelsat... el
Cuencasat es un satélite puesto en órbita por la Diputación
Foral de Cuenca hace casi dos décadas, en los años de las
vacas gordas, cuando había dinero para todo.

–No me lo recuerde, que me pongo triste. ¡Qué tiempos! ¡Qué lujo! El ejército disponía incluso de gasoil para
poner en marcha los carros de combate, no le digo más. Y
bien, ¿qué rayos ocurre con ese tal Cuencasat, si puede sa-
berse?

Manley ojeó algunos de los informes que llevaba, hasta
elegir uno.

–Verá, general: resulta que el pasado viernes por la tarde, nuestro servicio de astronáutica y fontanería detectó

un desplazamiento inesperado del Cuencasat, que abandonó su órbita habitual hasta situarse pegadito, pegadito al Meteosat.

—¡Huy! ¡Cómo me suena eso del Meteosat!

—Se trata del satélite artificial europeo que se utiliza para predecir el tiempo.

—¡Ah, claro! Lo mencionan de vez en cuando en la televisión, después del telediario, ¿verdad? Aunque yo, personalmente, me fío más del Calendario Zaragozano.

—Ahora viene lo malo, general. Hemos llamado a la Diputación de Cuenca. Nos han informado de que el Cuencasat termina su vida útil dentro de tan solo cuatro días. Y que, en ese momento, está programada automáticamente su destrucción mediante un potente explosivo interno. Si el Cuencasat estalla en su actual situación, el Meteosat también quedará destruido o, al menos, irreversiblemente dañado.

—Si es que no se puede uno fiar ni de los satélites. ¡Qué asco de sistema solar!

—Imagínese el caos que eso causaría, señor.

Cascorro se puso en pie lentamente, con el ceño fruncido.

—Me hago cargo, Manley, me hago cargo —masculló Cascorro—. Si el Meteosat queda fuera de servicio... ¡estaremos ante una hecatombe!

—Me alegro de que lo vea tan claro, mi general.

—¡Naturalmente! Con el Meteosat inútil, no sabremos cuándo va a llover. ¡Así que todo el mundo tendrá que salir siempre de casa con paraguas! ¡Con lo que estorban los paraguas! Yo creo que es el peor obstáculo para la vida moderna. ¡Nos enfrentaremos a la posibilidad de un caos absoluto!

Manley suspiró.

–Un certero análisis, mi general. Por ello, el gobierno de la nación nos ha encargado solventar este problema de la manera más rápida y discreta posible.

–En ese caso... quizá habría que avisar al servicio secreto. ¿No cree, teniente?

–Nosotros somos el servicio secreto, mi general.

–¡Huy! Pues habrá que poner manos a la obra, entonces. ¿Qué sugiere usted, Manley?

–He hecho unas indagaciones y... ya tengo una primera idea de por dónde empezar, mi general.

–¿Ah, sí? Cuente, cuente...

Capítulo primero
(hace cuatro semanas)

El nuevo trabajo de mi madre

No sé si os habéis fijado, pero la gente mayor se comporta de una forma muy rara cuando pierde el trabajo.

Yo me di cuenta de ello cuando echaron a mi madre del colegio en el que trabajaba como maestra. Aún no me explico por qué la despidieron. Yo creo que es una maestra estupenda. Pero, por lo visto, apareció alguien con unas tijeras. Y el tío de las tijeras le dijo a mi mamá que se fuera.

–Uno de nosotros dos sobra en este colegio, forastera. Y no soy yo.

Así, como en una película de indios y vaqueros, debió de ser la cosa, más o menos.

Sin embargo, no penséis que mi mamá llegó aquel día a casa abatida, cabizbaja o meditabunda. Qué va. Era el último día de curso y mi mamá apareció la mar de contenta.

–¿A que no sabes qué? ¡Me han despedido, hijo! Me han dicho que, después de las vacaciones, no me moleste en volver. Por lo visto, en este país sobran maestros y profesores. Al parecer, estos últimos años hemos estado enseñando por encima de nuestras posibilidades.

Era todo muy raro. Además de decir todas aquellas cosas tan extrañas, mi madre sonreía. Sonreía mucho. Yo no entendía nada. La miré de arriba abajo, estupefacto.

–¿Qué estás diciendo? ¿Que te han echado del trabajo?

–¡Sí, hijo! ¡Me han echado a patadas!

–Y ahora... ¿qué vamos a hacer? ¿Cómo vamos a comer? ¿Con qué nos vamos a vestir? ¿De qué está compuesta la materia oscura del universo?

–Esto último no lo sé, hijo. Pero sobre lo anterior, sí tengo una idea clara. De ahora en adelante, viviremos de la investigación privada.

–¿Qué es eso? ¿Un nuevo nombre para la mendicidad?

–No, Félix, cariño, nada de eso. ¡Voy a trabajar como detective privada! Mira, mira: con la generosa indemnización que me han dado tras mis trece años de trabajo, me he comprado esto. ¡La ilusión de mi vida!

Llevaba en la mano una bolsa del Corte Inglés. La abrió y sacó una caja plana. Abrió la caja y, de ella, extrajo con mimo una lupa enorme. Pero enorme. La más grande que he visto en mi vida. Del tamaño de una bandurria, o casi. Se la puso delante del ojo derecho y me miró, sonriente. Feliz. La pupila se le veía grande como un huevo frito.

–¿Te has gastado la indemnización en una lupa? ¿En esa lupa?

–Eeeh... fectivamente, hijo. Pero menuda lupa. ¡Menuda lupa! No es una lupa cualquiera. Es una lupa de cristal alemán, no sé si te has fijado. Zeiss, se llama.

–Ah, bueno. Eso me tranquiliza mucho, mamá... Y dime: ¿para qué quieres una lupa tan grande y tan alemana?

Ella sonrió. Acercó la lupa a la pared y examinó con interés los dibujos del papel pintado. Unos dibujos la mar de curiosos. Como paramecios gigantes. Yo nunca me había fijado en ellos. Mi madre carraspeó antes de seguir hablando.

–Verás, hijo... resulta que también me he apuntado a un cursillo rápido de detective privado. En la Academia Marmolejo que, por lo que me han dicho, es la mejor. Y resulta que, para hacer el cursillo, es imprescindible tener una buena lupa. Lo demás, no importa: edad, condición física, puntería... todo eso les es indiferente. Pero disponer de una buena lupa de cristal alemán resulta fun-da-men-tal.

–Eso... y que les pagues el precio del cursillo, imagino.

–¡Pero si es baratísimo!

–Seguro que sí. ¿Y cómo...? ¿Cuándo...? ¿Cuándo empiezas?

–El lunes que viene. Me he apuntado a la modalidad exprés. Seis días.

–¿En solo seis días te van a enseñar a ser detective privado?

–¡En cuatro! El quinto día es de repaso y el sexto, el examen. Está avalado por el Ministerio de... de... no sé qué ministerio, el de Agricultura y Pesca, me parece. Y, si apruebas, te dan un diploma oficial y ya puedes investigar privadamente lo que te dé la gana.

19

Yo, la verdad, nunca había visto a mi madre tan ilusionada por algo. Así que, aunque aquello me parecía un disparate del tamaño de la catedral de Burgos, sonreí como un buen hijo.

–Estupendo, mamá. Se avecinan buenos tiempos.

Gabardina

El primer día del cursillo exprés, mi madre regresó a casa echando las muelas.

–¿Qué ha ocurrido?

–¡Nada! –gruñó ella.

–Va, cuéntamelo.

–¡Que no!

–Hala, va.

–¡No han hecho más que tomarme el pelo! ¡Estoy que muerdo!

Yo me temía algo así.

–Seguro que eres la única mujer del curso.

Mi madre me miró de soslayo.

–¿Cómo lo sabes?

–Porque siempre he sido un muchacho listo e intuitivo.

–Y un poco pedante, también. Pero sí, tienes razón esta vez. ¡Soy la única mujer! Sin embargo, el problema es que soy la única que no viste con sombrero y gabardina.

–¿Todos los demás alumnos llevan sombrero y gabardina?

–Lo del sombrero creo que es opcional pero, por lo visto, un buen detective siempre usa gabardina.

–¡Pero si estamos a finales de junio!

–Al parecer, un buen detective debe ir con gabardina incluso en pleno verano. Una tradición.

–Una memez. Ni se te ocurra, ¿eh, mami? ¡Ni se te ocurra! A ver si te va a dar un sofoco.

–Pero es que se me pitorrean, hijo.

–Pues tú, nada. Pasando. Como me aconsejabas a mí cuando iba a la guardería con corbata de gomita. ¡Hala! Aplícate el cuento.

Cluedo

Seis días se pasan volando, aunque no tengas gabardina. Y, por fin, el último día del cursillo, mi madre llegó a casa la mar de sonriente.

–¡Ya está, hijo!

–¿Ah, sí? ¿Ya eres *detectiva* privada?

–Ya. Y he sacado la mejor nota.

–¡Qué bien! ¡Esa es mi madre! ¡Enhorabuena!

–Resulta que el examen final era una partida de Cluedo... ¡y les he ganado a todos! El asesino era el señor Marrón, en la biblioteca, con el mazo de ablandar la carne. ¡Toma!

Nos echamos a reír. El Cluedo era mi juego favorito de pequeño. Enseñé a jugar a mi madre hasta que llegó a hacerlo bastante bien. No tanto como yo, pero bastante bien.

Al día siguiente, encargamos en la ferretería Dalmacio una placa de madera y latón para nuestra puerta. Como no nos pusimos de acuerdo sobre si lo correcto es *detective* o *detectiva*, optamos por lo seguro:

ELVIRA BALLESTEROS
–INVESTIGACIONES–

Durante tres semanas esperamos la llegada de nuestro primer cliente. Se resistió a aparecer, esa es la verdad.

Pero, al fin, cierto lunes estival aunque ventoso, a primera hora de la mañana, sonó el timbre de la puerta y...

Capítulo segundo
(el mismo lunes de antes)

El saluki de don Vicente

—Mamá... ¡mamá! —grité, para hacerme oír por encima del rumor de la ducha.

—¿Qué pasa?

—Tenemos un cliente. ¡Por fin!

—¿Qué? ¡Ah...!

Escuché entonces un pequeño estropicio.

—Mamá, ¿estás bien?

—Sí, hijo, no es nada. Del susto, he resbalado y casi me rompo la crisma. Pero estoy bien. ¿Un cliente, dices? ¡Madre mía! ¿Lo has hecho pasar al despacho?

—Claro. Te está esperando.

—¡Voy, voy! ¡Qué oportuno, caramba! ¡Dile que voy ahora mismo!

Durante el día, habilitábamos mi cuarto como despacho profesional. Cambiábamos la mesa de lugar, le poníamos encima un vade color burdeos que fue del abuelo y la superlupa de mamá; trasladábamos allí dos sillas de la cocina y un mueblecito bajo del salón con varias grandes carpetas archivadoras –vacías, de momento– que habíamos etiquetado «Casos pendientes», «Casos resueltos» y «Casos brillantemente resueltos»; y, por fin, descolgábamos de la pared mi póster de Madonna y lo cambiábamos por el diploma oficial de mamá y un cartel en el que se veía a Humphrey Bogart interpretando a Sam Spade en *El halcón maltés*. Para dar ambiente.

–Mi madre vendrá enseguida. Es que la ha pillado usted en la ducha. No esperábamos a nadie tan temprano.

–La desgracia no tiene horario, joven –me respondió el recién llegado, con tono sombrío.

Se trataba de un sujeto mayor, alto, canoso y bronceado, que vestía pantalones de lino y guayabera. En la entrada, se había despojado de un sombrero panamá.

–Si quiere, le puedo ir tomando nota de los datos y eso que adelantamos.

–Me parece bien, muchacho.

Me senté tras la mesa y saqué un bloc y mi pluma Pilot M-90. Al verla, el hombre frunció el ceño de inmediato.

–Es una chalequera muy bonita. ¿Siempre escribes con pluma?

–Sí. Me gusta.

–También a mí –dijo el hombre sacando la suya del bolsillo y mostrándomela.

–¡Holá! –exclamé, bastante impresionado–. Una Parker Duofold. De una serie especial, por lo que veo. ¿La *True Blue,* quizás?

Él sonrió, satisfecho.

–Y yo veo que entiendes de estilográficas. Eso me indica que he venido al lugar adecuado.

–No le quepa duda. ¿Me dice su nombre?

–Vicente Barrantes. Con be de Bucarest.

–¿Vicente con be?

–Barrantes con be.

–Ya decía yo... ¿Profesión?

–Jubilado.

–¿Me deja su dirección y un teléfono de contacto?

El hombre iba a responderme cuando, de pronto, pareció quedarse estupefacto. Al cabo de unos segundos, reaccionó, rebuscó nerviosamente en su cartera y sacó una tarjeta de visita.

–Toma. Aquí están todos mis datos. Será más fácil.

Tomé nota de todo calmosamente. Como al terminar de hacerlo seguíamos oyendo a lo lejos el sonido del secador de pelo de mi madre, decidí continuar, no fuera a marcharse el cliente, cansado de esperar.

–Bien y... ¿en qué podemos ayudarle, don Vicente?

–He venido en busca de ayuda para resolver una misteriosa desaparición.

Caray. Para tratarse de nuestro primer caso, parecía un asunto importante. Sentí un cosquilleo en la espalda. La intuición de que me encontraba ante algo realmente emocionante.

—¿Quién ha desaparecido? —pregunté, afilando la mirada. El anciano se inclinó hacia mí antes de responder:

—Mi perro.

Lentamente alcé las cejas mientras pensaba para mis adentros: «No me fastidies...»

—Su... perro —repetí.

—Eso es. Se encuentra en paradero desconocido desde hace doce horas. Aquí tengo una foto. No aparece muy favorecido, pero creo que servirá.

Tomé la fotografía que me tendía el hombre. En efecto, en ella se veía a un perro grande, de cara afilada y pelo largo y negro, con una mancha blanca en el pecho en forma de puente romano de una sola arcada. Durante al menos un minuto, fingí observar la foto del chucho con interés, aunque en realidad trataba furiosamente de decidir qué hacer en semejante situación. Sabía que a mi madre no le iba a hacer ninguna gracia comenzar su nueva carrera profesional buscando una mascota extraviada. Es lo peor. Lo más bajo que puede caer un investigador privado. Si ella hubiese estado en mi lugar, estoy seguro de que habría echado a don Vicente a la calle con cajas destempladas. Pero, por otro lado, nuestra situación financiera comenzaba a ser preocupante. Traducido: que estábamos sin un euro. Y, además, ya decían los comerciantes fenicios hace dos milenios que por nada del mundo debes dejar escapar a tu primer cliente. Da mala suerte.

—Se trata de un saluki —explicó don Vicente, interrumpiendo mis pensamientos—. También se les llama galgos persas. ¿Sabes que su figura ya se representaba en las pirámides del antiguo Egipto, hace cinco mil años? Al parecer, el faraón Tutankamón salía de caza acompañado por dos de ellos...

–Mire, don Vicente... –le interrumpí, a mi vez–, nuestra agencia de investigaciones no se ocupa de buscar mascotas. Mi madre es una profesional diplomada, con licencia expedida por el Ministerio de Agricul... por el Ministerio. Por un ministerio.

El hombre inspiró profundamente.

–Lo sé; y por eso he venido aquí. No busco un detective de mascotas. Quiero un detective bueno.

–Ya, estupendo... pero la cuestión es que... suponiendo que aceptásemos el caso, tendríamos que cobrarle nuestra tarifa habitual. Como si estuviésemos buscando a una persona humana. ¿Me comprende?

–Claro que sí. ¿Cuál es la tarifa habitual de tu madre?

Ahí me había pillado. ¿Alguno de vosotros sabe cuál es la tarifa habitual de un detective privado? ¿A que no? Pues yo, entonces, tampoco. Ni la más remota idea.

–Cien euros al día –improvisé, tras tragar saliva–. Bueno... por ser usted, que me ha caído bien, se lo puedo dejar en noventa y nueve. Y pedimos una semana por adelantado.

Ante mi sorpresa, don Vicente asintió al momento.

–De acuerdo. Eso serán... quinientos noventa y cuatro euros, ¿verdad?

–Pues...

–Porque supongo que una semana supondrá seis días de trabajo. El domingo hay que descansar.

–Eeeh... sí, correcto.

El hombre volvió a echar mano de su cartera, pero esta vez no fue para sacar la fotografía de un perro sino para sacar tres billetes de banco de color amarillo.

–Ahí tienes. Seiscientos euros. Los seis que sobran me los descuentas del próximo pago. ¿Te parece?

El corazón se me había acelerado.

–Sí, bien, me parece bien, sí, le... le voy a dar un recibo.

–¡No! –exclamó él, de inmediato.

–¿No?

–Es mejor no dejar rastro alguno de nuestro trato. Y si no puedes fiarte de alguien que escribe con estilográfica, ya me dirás qué clase de mundo es este. Preferiría que todo este asunto lo llevásemos de la forma más discreta y sencilla: yo te doy la pasta y tu madre encuentra a mi perro, ¿vale?

–Se intentará. Por cierto... ¿cómo se llama el perro?

–Marajá.

–¿Majara?

–No, no: Marajá.

–Maharajá.

–Que no: Marajá.

–Ah, Marajá.

–¡Ajá!

Loor a Jim Carrey

—¿Qué? Pero... ¿cómo se te ocurre aceptar? ¿Me has tomado por la novia de Jim Carrey? ¡Tengo el diploma oficial de detective privado! ¡No soy una detective de mascotas! Ahora mismo vas a llamar a ese don Vicente y le dices que no pensamos buscar a su chucho pulgoso. ¿Está claro?

Justo cuando don Vicente acababa de despedirse, mi madre salía de la ducha con una toalla azul en la cabeza, a modo de turbante. Y lo que yo creía iban a ser efusivas felicitaciones por haber gestionado con éxito la llegada de nuestro primer cliente, se había convertido en una bronca de proporciones desmesuradas.

—¿Está claro? —repitió ella.

—Clarísimo, mamá. Y, por supuesto, le devuelvo los seiscientos euros que me ha dado como adelanto, ¿no?

—¡Naturalment...!

33

Al escuchar aquello, mi madre parpadeó. Dos veces. Luego, tomó aire, muy despacito.

–¿Has dicho... seiscientos euros?

Abrí el armarito situado sobre el microondas, tomé los tres billetes, que había metido en una lata vacía de café Motilón, y se los mostré.

Mi madre nos miró en silencio alternativamente a mí y a los euros durante medio minuto. Por fin, abrió los brazos de par en par.

–¡Hiiijo míooo...! –exclamó, los ojos arrasados en lágrimas de económica felicidad.

Hora y media más tarde, mi madre había puesto en práctica todas las enseñanzas recibidas durante el cursillo de la Academia Marmolejo: había extendido sobre la mesa un gran mapa de la ciudad, sobre el que había clavado más de cincuenta banderitas de colores desarrollando itinerarios, croquis y parámetros sin cuento. Había buscado en Internet toda la información posible sobre la raza canina del galgo persa. Había diseñado una larga lista de establecimientos y vecinos a los que interrogar y se encontraba en este momento redactando una petición para que le permitiesen visionar las grabaciones efectuadas por todas las cámaras de seguridad del municipio, tanto públicas como privadas.

–Mamá... me voy a dar una vuelta.

–No tardes. Yo me quedo aquí intentando resolver el caso del perro majara.

–Marajá.

–Eso.

Plaza Mayor

Me fui derecho a la plaza mayor de nuestro barrio, donde sabía que encontraría a Luisfer y a Luisja jugando al futbolín en el bar Old Trafford contra las gemelas Padornelo; y, posiblemente, también a Pilonga Gutiérrez intentando ligar con Luisja, como lleva haciendo los últimos seis meses. Sin mucho éxito, por cierto. Pilonga se llama en realidad María Pilar, pero todo el mundo la llama Pilonga, empezando por sus padres. No sé por qué. Pilonga tiene un hermano pequeño que se llama Eduardo pero al que, como es natural, todos llamamos Pilonguito.

–Hola, Félix.

–Luisfer...

–¿Cómo va lo de tu madre? ¿Ya tiene algún caso entre manos? ¡Eh, oye! ¡Que no vale hacer molinetes!

–No era un molinete –se defendió Nati Padornelo–. Es que se me ha escapado el puño.

35

—¡Vaya excusa!

—¿Excusa? ¡Como si yo necesitase hacer molinetes para ganarte!

—Sí, ya tiene un cliente —respondí en diferido—. Le han encargado buscar a un perro.

Cuca Padornelo metió un gol de trallazo desde la defensa y Luisfer aprovechó la pausa para mirarme, arrugando la nariz.

—¿Un perro? Qué chungo, ¿no?

—He sido yo quien ha aceptado el caso.

—¿Y eso por qué?

—Porque... he tenido la sensación de que había algo más. Algo raro. Algo turbio. Vaya, que no se trataba de encontrar a un perro, sin más.

—¿Juegas o qué?

Luisfer se volvió hacia su compañero de equipo.

—Estoy cansado de perder. Que juegue Pilonga en mi lugar.

—¡Pilonga! —la llamó Luisja—. ¿Quieres jugar?

La hermana de Pilonguito, que leía la *Cuore* en la mesa del rincón, alzó el rostro, brillantes la mirada y la sonrisa.

—Si es para hacer equipo contigo, yo juego hasta al bingo pirata —le contestó, en tono seductor.

Luisfer y yo intercambiamos una mirada; y luego, intercambiamos sitio con Pilonga. Ella acudió al futbolín y nosotros ocupamos su mesa. Tres minutos más tarde, mientras apurábamos sendos vasos de agua del grifo —cortesía de Julián, el dueño del bar—, yo ya había puesto a mi mejor amigo al corriente de los acontecimientos.

–Enseguida me di cuenta de que allí había gato encerrado. Ese tipo no se comportaba como quien ha extraviado una mascota. Ni hablar. Aflojó un montón de pasta sin rechistar. Y además... no sé... tenía un comportamiento extraño. ¿Sabes? Yo creo que le fallaba la memoria. Le pregunté por su domicilio y no supo decírmelo. Tuvo que darme una tarjeta con sus datos. Trató de disimularlo, pero yo me di perfecta cuenta de ello.

–Un desmemoriado, ¿eh? ¿Y es alguien del barrio?

–Claro que no. Si se hubiese perdido por aquí un perro como ese, nosotros ya sabríamos dónde encontrarlo. Es del barrio de al lado, de Las Estrellas. El tipo vive en la plaza del presidente José Luis.

Luisfer asintió.

–Sé dónde es. No está muy lejos. Cinco paradas de autobús.

Mi amigo frunció los labios y caviló durante casi un minuto. Luego, de repente, se volvió hacia los cuatro jugadores de futbolín.

–¡Eh, chicos! ¿Tenéis todos tarjeta bus? ¡Pues vámonos! –concluyó, tras el asentimiento general.

–¿Adónde? –quiso saber Cuca.

–A buscar un perro a Las Estrellas.

–Vale. Eso me pasa por preguntar.

Villa Agripina

Veinte minutos más tarde desembarcábamos de un bus de la línea 16 en la mismísima plaza del presidente José Luis. De inmediato, localicé la vivienda de don Vicente.

—Es esa, la del número cinco.

—¡Sopla...! —exclamó Pilonga, alzando las cejas hasta el nacimiento del pelo.

Los demás nos limitamos a parpadear durante un rato.

Más que una vivienda, era una verdadera mansión. Un edificio de dos plantas más buhardilla, de ladrillo rojo y cal, con tejado a cuatro aguas y rodeado por jardines umbríos y descuidados, en los que distinguí al menos un castaño enorme y varias melias. A la finca se accedía desde la propia plaza atravesando una verja metálica pintada de verde. La casa impresionaba, pero aún más el torreón lateral, de planta cuadrada y doble altura que la vivienda, rematado por una terracita cubierta, que se abría al exterior mediante doce arcos de diseño árabe orientados de tres en tres hacia los cuatro puntos cardinales.

Al acercarnos a la puerta de la verja, pudimos leer el letrero que la remataba: «VILLA AGRIPINA».

Mis amigos parecían haberse quedado mudos de asombro. No podían dejar de mirar la casa. Y yo tuve la sensación de que, a su vez, alguien nos observaba desde una de las ventanas, a través de una pequeña abertura en los visillos.

Luisfer, como siempre, se erigió en jefe de la operación. Nos distribuyó por parejas y nos asignó diversos recorridos por el barrio, que debían terminar reuniéndonos de nuevo en la plaza al cabo de una hora. Les mostré la foto de Marajá.

–Es una raza de perro muy peculiar. Aprendeos su aspecto de memoria, porque es la única foto que tengo.

–Los ojos, bien abiertos –advirtió Luisfer–. Y no tengáis reparo en preguntar a los vecinos. Un perro así, no puede pasar desapercibido.

Tres notables

Me tocó hacer la ronda con Cuca.

Las Padornelo son gemelas, pero de esas que no se parecen. Cuca no es tan guapa como Nati, pero a mí me cae mucho mejor. Juega al futbolín como nadie, tiene una sonrisa que enamora y unos ojos que parece que siempre dicen la verdad. Últimamente, había soñado con ella unas cuantas veces.

–¿Qué tal te ha ido el curso?

La pregunta de Cuca me pilló por sorpresa.

–Bueno... bien. Al final, ha resultado que la secundaria no era para tanto, ¿no crees? ¿Y a ti? ¿Cómo te ha ido?

Ella se encogió de hombros.

–Normal.

–En tu caso, normal significa todo sobresalientes, ¿no?

–¡Qué va, qué va! Ni mucho menos. Este año le he dedicado más tiempo al piano y no tanto a estudiar.

A veinte metros de nosotros, cruzó la calle un perro vagabundo, con aire despistado. De inmediato, saqué del bolsillo la foto de Marajá. No se parecía ni por el forro. Continuamos avanzando.

–¿Sabes? Luisja dice que no quiere salir con chicas más listas que él.

–¿Y tú qué piensas de eso? –me preguntó Cuca.

–Que Luisja es idiota perdido. Y como no creo que encuentre muchas chicas más tontas que él, me temo que no va a ligar mucho en esta vida.

Cuca rió a carcajadas. Me sentí bien por haberlo conseguido.

–Lo cierto es que este año me ha bajado la media –dijo después–. He sacado tres notables.

–¡Anda! Pues igual que yo. Solo que, en mi caso, son las tres mejores notas. Bueno, casi. Ya sabes que la educación física se me da bien.

Seguimos caminando en silencio durante un rato. Al poco, nos cruzamos con un chico algo mayor que nosotros. Tuve la sensación de que me miraba con envidia.

Y algo después, de manera casi imperceptible, Cuca aminoró el paso.

–¿Ocurre algo?

Ella, sin mirarme, lanzó un chistido suave y siguió adelante, hasta doblar la siguiente esquina. Entonces se detuvo.

–¿Qué pasa? –pregunté.

Cuca había fruncido el ceño. Me susurró.

–Tengo la sensación de que alguien nos observa.

Un escalofrío me recorrió la espalda.

–¿Qué? –dije, mirando nerviosamente a mi alrededor–. ¿De qué hablas? ¿Qué has visto?

–Ver, lo que se dice ver, no he visto nada. Es como... un presentimiento. El sexto sentido.

Se acercó a la esquina y, asomando solo un ojo, lanzó una mirada sobre el tramo de calle que acabábamos de recorrer.

–¿Ves a alguien sospechoso?

Negó lentamente con la cabeza, mientras fruncía los labios.

Algunos coches circulaban por la calzada, pero nosotros éramos los únicos peatones a la vista. Me acerqué a Cuca y la tomé del brazo. No sé si lo hice con intención de tranquilizarla o, al contrario, para tratar de mitigar mi propia inquietud. En cualquier caso, ella no se resistió. Al contrario, en un gesto inesperado, acercó su cara a la mía hasta que nuestras mejillas casi se rozaron. Yo, no sé por qué, me puse colorado como un tomate.

–Ya que lo dices... yo también he tenido antes la sensación de que alguien nos vigilaba desde el interior de la casa de la plaza.

–¿Sí? Entonces, no puede tratarse de una simple casualidad.

–¿Seguimos? –le pregunté, al cabo de unos segundos, todavía con sus pestañas a tres dedos de las mías.

Tragó saliva, lanzó una última mirada en dirección a las fachadas de los edificios que nos rodeaban y, finalmente, asintió.

–Vamos, sí.

Avanzamos tomados de la mano, en silencio, con aire temeroso, como novios primerizos. Tras dos minutos largos de silencio, la escuché gruñir.

–Esto resulta ridículo, Félix.

–¿Te refieres a que nos cojamos de la mano?

–¡No! Me refiero a que... no vamos a encontrar a ese perro. Es imposible. Si anduviese por este barrio, su propio dueño ya habría dado con él. Nadie contrata a un detective sin buscar primero por los alrededores. Lo más probable es que Marajá haya huido por algún motivo y se encuentre perdido, lejísimos de aquí. Quizá, incluso, puede que lo hayan secuestrado con la intención de pedir un rescate.

–Mujer... esa posibilidad la encuentro un tanto descabellada.

–¿Por qué? ¿No me has dicho que ese tal don Vicente parece tener mucho dinero? Y no hay más que ver su casa. Una pasada.

–Sí, pero...

–Alguien que contrata a un detective para que busque a su perro es porque lo considera casi como a un ser humano. Si ese hombre no tiene familia, secuestrar a su perro sería casi como secuestrarle a un hijo. Estoy segura de que se trata de algo así. Y nosotros estamos perdiendo el tiempo.

El razonamiento parecía impecable.

–Ya. Tal vez tengas razón.

–No te quepa la menor duda.

Justo después de que Cuca hiciera esa consideración fue cuando oímos el ladrido. Procedía de un pequeño parquecillo situado a nuestra izquierda, limitado por setos de aligustre y presidido por el busto de un prócer desconocido y antiguo.

«Otro perro callejero», pensé.

Pero Cuca ya se había detenido, con la chispa de la sorpresa en la mirada. Ya se hacía pantalla, con las manos ligeramente curvadas sobre las sienes.

–No puede ser... –murmuró, enseguida.

Localicé al animal y comprendí entonces la reacción de Cuca.

–Claro que no –corroboré, sin convicción–. Tiene que tratarse de otro perro. Uno que se le parece. Que se le parece mucho, eso sí.

Trotaba alegre de un lado a otro del parquecillo, como haciéndole fiestas al ilustre hombre de piedra.

Era un galgo persa. De eso, no había duda.

Cuca y yo, tras separarnos unos metros, nos fuimos acercando al perro con lentitud, en una maniobra envolvente.

–Tranquilo, precioso, tranquilo... –oí que le susurraba ella.

El lebrel no dio muestras de nerviosismo en ningún momento. Al contrario, parecía contento ante nuestra presencia.

–¡Marajá! –exclamó entonces Cuca, mientras se palmeaba la parte delantera de los muslos–. ¡Aquí, Marajá! ¡Aquí, bonito!

Alzó el perro las orejas y, de inmediato, avanzó hacia mi amiga hasta situarse, obediente, a sus pies. Era él, sin duda.

¡Habíamos dado con Marajá!

Cuca se agachó y le acarició el cuello y la parte superior del pecho, en la que exhibía una zona blanca que dibujaba sobre el pelaje negro la silueta de un puente romano de una sola arcada.

–Yo diría que es exactamente el perro de la foto –dijo, sonriente, mientras me miraba con sus ojos oscuros–. Así que me como entre pan todo lo que acabo de decir. ¡Lo hemos encontrado!

Caso resuelto. Vamos, ni en el mejor de mis sueños.

Novata

Cuando llegué a casa, próxima ya la hora de comer, encontré a mi madre hablando por teléfono con la comisaría del barrio.

Su primer gesto fue un saludo alegre. De inmediato, al descubrir a Marajá entrando detrás de mí, pasó por unos segundos de perplejidad que, enseguida, transformó en una mueca de desolación.

–Ahora tengo que dejarle, comisario –dijo, hablando al auricular–. Disculpe. Muchas gracias por atenderme. Ya le llamaré.

Colgó. Se puso en pie, tomó la foto del perro y la comparó detenidamente con el animal, hasta convencerse de que se trataba del mismo can. Inspiró profundamente.

–¿Dónde estaba?

–En un parquecillo del barrio de Las Estrellas, a unos trescientos metros de la casa de don Vicente.

Ella asintió. De inmediato, comenzó a recoger todo el material que inundaba mi mesa y el resto de la habitación.

–Se lo podías haber devuelto tú mismo a su dueño.

Lo dijo sin mirarme, casi como un reproche.

–Quería que lo hicieras tú –repliqué–. Al fin y al cabo, es a ti a quien ha contratado. Tú eres la detective.

–Una birria de detective, eso es lo que soy –murmuró, tras un suspiro.

–¡No digas eso! Lo único que ocurre es que todavía eres una novata. Ya aprenderás, mamá. Nadie nace enseñado. Lo importante es que hemos resuelto con eficacia y rapidez nuestro primer caso. Todo un éxito.

–Yo no he resuelto nada. Lo has resuelto tú, de la manera más simple y directa. Sencillamente, buscando por su barrio hasta dar con él. ¡Resulta que no era más que un perro perdido! Y yo, mientras tanto, desarrollando un plan de acción como para reeditar el desembarco de Normandía. ¡Qué estupidez!

–Tu cliente no tiene por qué saber nada de esto. Devuélvele su perro y recuérdale que nos recomiende a sus amigos, si llega el caso de que necesiten un buen investigador. Así es como uno se va creando una reputación. Y ya está, no le des más vueltas. La próxima vez lo harás mejor.

Mi madre me miró en silencio un rato largo. Luego, vino hacia mí y me abrazó.

–Pero ¿cómo hice yo para tener un hijo tan listo y tan repelente, Dios mío? –murmuró.

DKNY

Esa tarde, después del habitual documental de La 2 sobre la migración de los ñúes o como se diga, desperté a mi madre de su siesta con un carraspeo.

–Les he prometido a los chicos que los iba a invitar a merendar. Por haberme ayudado a encontrar a Marajá.

–Me parece muy bien.

Y se me quedó mirando interrogativamente hasta que extendí ante ella la mano, con la palma hacia el techo.

–¡Ah, ya...! ¿Bastará con veinte euros?

–No seas rata. Acabas de ganar seiscientos.

–Cierto. ¿Treinta, entonces?

–Me apañaré con esos treinta. Luego, supongo que nos iremos a dar una vuelta, o sea, que llegaré tarde.

–A dar una vuelta con tus amigos... ¿o con alguna amiga en especial?

Por supuesto, me descolocó aquella pregunta tan inesperada.

–¿A qué viene eso?

–Esta mañana, cuando volviste con el perro, olías a colonia de chica. Donna Karan, si no me equivoco.

Suspiré.

–¿Ves como eres una estupenda detective?

Capítulo tercero (martes)

Siete galletas maría

A la mañana siguiente me levanté tarde, porque la noche anterior, en efecto, se alargó mucho. Es lo que tienen las noches de verano: como son tan cortas, hay que alargarlas todo lo posible o se quedan en nada.

Mientras me preparaba mi habitual tazón de leche con colacao, apareció mi madre con el gesto ligeramente torvo.

–¿Ocurre algo?

Era casi una pregunta retórica por mi parte, porque me di cuenta de inmediato de que sí, algo pasaba.

–Seguramente no tiene importancia, pero... resulta que don Vicente, el dueño del perro perdido, no contesta a mis llamadas. No sé... Llevo llamándolo al fijo y al móvil desde ayer por la tarde. Le he enviado varios mensajes para que me llame él... y nada.

Cogí siete galletas maría, las agrupé y las introduje en el tazón, hasta que se empaparon de leche. Luego, me las llevé a la boca con rapidez, sin dejar que se rompiesen. Toda una técnica desarrollada durante los largos años de la infancia. Mientras devoraba las galletas, pensé que no resultaba excesivamente preocupante que alguien no respondiese al teléfono durante unas horas. Sin embargo, mi madre parecía rotundamente inquieta. A lo mejor era cosa del sexto sentido, que decía Cuca.

–¿Quieres que nos acerquemos hasta su casa, a ver si damos con él? –le propuse. Y a ella se le iluminó la mirada.

–¿Me acompañarías?

–Pues claro. Termino de desayunar y nos vamos. Oye, ¿nos llevamos al perro? Así, si encontramos a don Vicente, se lo podemos devolver ya.

Mi madre pareció a punto de acceder, pero finalmente se lo pensó mejor.

–No. Lo dejamos aquí. Vamos primero a ver si localizamos a su dueño.

–¿Y si empieza a ladrar, al verse solo? Igual los vecinos se molestan.

–Tienes razón. En ese caso... sí, será mejor que lo llevemos con nosotros.

–¡Espera! Tengo una idea –dije, mientras marcaba el número de móvil de Cuca Padornelo que, por supuesto, me sabía de memoria–. ¿Cuca? Soy Félix. Me preguntaba si podrías quedarte un rato esta mañana con el perro que encontramos ayer... Sí, con Marajá. ... Ya me di cuenta de que os caisteis bien, ya. Por eso te lo propongo. ¿Sí? ¡Estupendo!

Cuando colgué, mi madre me miraba con una sonrisa malévola.

–Cuca, ¿eh? –me dijo, simplemente.

Athanasius

Mi madre se quedó tan impresionada por la casa del torreón como mis amigos y yo la tarde anterior. Pero quizá no fue tanto por la grandeza del edificio como por la inquietante atmósfera que lo rodeaba. El cielo estaba cubierto, sí; pero el aire que envolvía al número cinco de la plaza del presidente José Luis aparecía extrañamente húmedo, plomizo y gris. Como si tuviera su propio y particular clima.

Nos acercamos hasta la puerta de la verja y mi madre oprimió el pulsador del timbre durante un rato larguísimo. Repitió la llamada dos veces más. Sin ningún resultado.

—Vamos a dar la vuelta completa a la casa —me propuso—. A ver si descubrimos indicios de actividad.

—*Indicios de actividad* —repetí—. ¡Muy bien, mami! Así es como habla un detective privado. Te veo pronto protagonizando una novela de González Ledesma.

–Menos guasa, hijo.

Caminamos junto a la verja, rodeando lentamente la finca. Primero, avanzando por la acera de la plaza. Girando luego a la izquierda por la calle de la Amistad. Y de nuevo a la izquierda por la calle de San Bonifacio, la que discurría por la parte trasera de Villa Agripina.

Desde allí, divisamos una cochera anexa al edificio principal y, en la casa, una pequeña puerta trasera de servicio.

–Me parece que esa puerta no está cerrada del todo –dije–. Tan solo entornada. Es extraño, ¿no crees?

Mi madre asintió en silencio.

En tiempos, seguramente, la finca de don Vicente había ocupado toda la manzana, pero ahora, sobre la mitad izquierda de su antiguo solar, visto desde la plaza, se levantaba un edificio moderno de seis plantas. Un horror urbanístico y arquitectónico cuyos locales aparecían ocupados por una pequeña sucursal bancaria y dos comercios. Decidimos entrar en el más cercano a la puerta principal de la vivienda.

Se llamaba Athanasius y se trataba de una curiosa tienda de objetos esotéricos donde lo mismo te vendían una baraja de tarot que un cirio negro o una figurita de San Pancracio. Sobre una gran corchera rotulada «ACTIVIDADES», se ofertaban tanto viajes a Lourdes en autobús como sesiones de espiritismo o cursillos de iniciación al vudú.

Al entrar, descubrimos tras el mostrador a un tipo altísimo y muy delgado, que ya no cumpliría los cincuenta y siete, pertrechado con unas enormes gafas de pasta negra, casi como dos pequeños televisores, y que se cubría la calva con el peluquín rubio más desastroso y polvoriento que yo había visto en mi vida.

–Buenos días –nos saludó el hombre con voz cavernosa–. ¿Qué desean?

–Me llamo Elvira Ballesteros y soy detective privada –dijo mi madre, mostrando su carné oficial–. ¿Puedo hacerle unas preguntas?

El hombre cruzó los brazos sobre el pecho.

–Pregunte.

–¿Conoce usted al dueño de la casa de al lado? Don Vicente Barrantes.

–Podría ser que sí.

–Hemos llamado al timbre durante un buen rato y no contesta.

–Podría ser que no se encontrase en casa.

–Y usted no sabrá donde ha ido, por casualidad.

–Yo no. Pero por diez euros podría consultar para ustedes mi bola de cristal.

Pensé que mi madre mandaría al tipo a freír churros, pero me equivoqué. Tras aguantarle la mirada unos segundos, sacó del bolsillo un billete de diez.

–De acuerdo.

Bajó el hombre las persianas del escaparate con un mando a distancia y, de un estante cercano, tomó una bola de cristal del tamaño de una pelota de voley y la colocó sobre el mostrador. Del soporte inferior salía un cable negro y, cuando lo conectó a un enchufe, la esfera de cristal se iluminó con una preciosa luz violácea. El tipo se inclinó sobre ella y recorrió su superficie con las yemas de los dedos de ambas manos, como quien acaricia la cabeza de un calvo.

–Algo veo... –murmuró–. Algo veo, sí. Don Vicente... Don Vicente Barrantes... Barrantes, Vicente. Vicente... Sí, ya lo distingo, entre las brumas del reciente pasado. Ayer, poco antes de la hora de comer. Don Vicente se acerca a su casa. Acaba de comprar el periódico del día y una pistola.

–¡Una pistola! –exclamamos mamá y yo.

–Me refiero a una barra de pan. Es que soy de Madrid.

–¡Ah...!

–Sigo: alguien le espera. Dos hombres fuertes, con traje oscuro, junto a un automóvil negro de cristales tintados. Lo interceptan. Hablan. Quizá forcejean, no se ve claro. Los tres suben al asiento trasero del coche. El coche arranca y desaparece calle adelante. Fin.

Mi madre y yo cruzamos una mirada de reojo.

–¿A qué hora dice que ocurrió eso?

–Dice la bola que a la una y media del mediodía, exactamente. A la hora de cerrar la tienda.

El hombre desenchufó el aparato.

–¿Y usted cree –preguntó mi madre– que don Vicente subió a ese coche a la fuerza? Quiero decir... que quizá esos dos hombres fuertes le obligaron a ir con ellos.

–Podría ser que sí... podría ser que no –fue la ambigua respuesta del hombre de las gafas de televisor.

–En su bola de cristal... ¿No habrá visto también el número de matrícula del coche, por casualidad?

El sujeto negó con la cabeza.

–Es una bola pequeña, de poca potencia. Lo siento.

–¿Cuánto cuesta consultar una bola más grande?

–Quince euros, pero... no creo que se vea el número de la matrícula ni siquiera en la bola grande. Sería tirar el dinero.

–Entiendo.

Antes de abandonar Athanasius, compramos un San Pancracio, para asegurarnos la prosperidad del nuevo negocio de mamá.

–Llévenselo fosforescente –nos aconsejó el extraño sujeto, mientras se retiraba el peluquín para secarse el sudor de la calva–. Es algo más caro pero resulta mucho más eficaz que el normal, está científicamente comprobado. Y ya que han consultado la bola de cristal, les puedo hacer un buen descuento.

Al salir de Athanasius, volvimos a llamar varias veces al timbre de Villa Agripina. Podíamos escuchar a lo lejos los desgarrados alaridos del zumbador rompiendo el silencio del interior de la casa. Pero no obtuvimos respuesta alguna.

Veinte números

Esa tarde, Cuca y yo sacamos a pasear a Marajá. Ellos dos parecían llevarse cada vez mejor.

Y fue durante ese inocente paseo cuando se produjo el acontecimiento que marcó el inicio de toda la sucesión de extrañas circunstancias que convirtieron los siguientes días en una montaña rusa de misterios inesperados.

Caminábamos por el parque de Las Pajaritas, cercano a mi casa, cuando nos cruzamos con otra pareja que paseaba a un dálmata. En ese momento, Marajá dio un tirón de la correa y su collar –de cuero amarillo, muy desgastado– no resistió el esfuerzo y se partió.

Durante un segundo pensamos que nuestro perro se lanzaría sobre el otro y ambos iniciarían una pelea pero, al sentirse libre del collar, Marajá se frenó en seco y permaneció, manso, junto a nosotros.

Tras el levísimo incidente, al que no concedimos la menor importancia, nos acercamos a la Ferretería Dalmacio para comprarle otro collar a Marajá. Lo elegimos igualmente amarillo, suponiendo que alguna razón habría tenido su dueño para optar por ese color. Y a punto estuvimos de deshacernos allí mismo del collar viejo. No lo hicimos porque, al arrojarlo a una papelera, Cuca se percató de un curioso detalle.

–Mira, Félix –dijo.

Tomó del cubo la vieja tira de cuero amarillo y me la mostró por la parte interior, la que había permanecido en contacto con el cuello del perro.

Grabados a fuego sobre la desgastada superficie podía verse una larga sucesión de números: 7, 13, 31, 46, 66, 72... y así, hasta un total de...

–Veinte. Veinte cifras –dije, tras contarlas.

La última y la más alta de todas era el 255.

–¿Qué diablos pueden significar? –murmuró Cuca.

Mi madre siguió intentando contactar telefónicamente con don Vicente durante el resto del día. Sin resultado.

Capítulo cuarto (miércoles)

Nuestro segundo cliente

A la mañana siguiente, poco antes de las diez, llamaron a la puerta. Acudí a abrir y ante mí apareció en el rellano un sujeto de edad avanzada, de bigote oscuro de largas guías y abundante pelo canoso. Alto y fuerte, vestía pantalón vaquero y polo Lacoste de color verde. Auténtico, con su cocodrilo pectoral y todo.

−¡Hola! ¿Qué desea?

−Buenos días, muchacho. Quería contratar los servicios de la detective.

Nuestro segundo cliente en tres días. Esto empezaba a pintar la mar de bien. Cosa del San Pancracio fosforescente, sin duda.

−Adelante, caballero, adelante. Ahora mismo le atenderá.

Naturalmente, durante toda la entrevista de mi madre con su nuevo cliente, yo permanecí en el pasillo, con la oreja pegada a la pared para enterarme de primera mano del contenido de la conversación.

–Me llamo Amancio. Amancio Rebrinca, ingeniero industrial jubilado.

–Encantada, don Amancio.

Otro jubilado. A este paso nos íbamos a especializar en pensionistas y clases pasivas.

–Discúlpeme, pero antes de escuchar su caso, tengo una curiosidad –le confesó mi madre–. ¿Cómo ha dado conmigo? No llevo mucho tiempo en esto y mi despacho aún no aparece en las páginas amarillas ni tengo web propia en Internet.

El hombre debió de sonreír.

–Juego al dominó todas las tardes con el dueño de la Academia Marmolejo. Él me habló de usted. Por lo visto, le causó muy buena impresión cuando hizo el cursillo de detective.

Ahora, supongo que sería mi madre la que sonreiría.

–Vaya, es muy de agradecer esa recomendación, teniendo en cuenta los muchos alumnos de la Academia Marmolejo. Bueno, pues... usted dirá en qué podemos ayudarle.

–Ya sé que quizá le parezca poca cosa, pero le aseguro que, para mí, es muy importante.

–No hay caso pequeño para esta agencia, se lo aseguro. Nuestro lema es: «El cliente es lo más importante.»

«Vaya birria de lema», recuerdo que pensé. Y es que una cosa así no se puede improvisar. Imaginad la de tiempo que dedicarían esos grandes almacenes hasta dar con su elegante y certero eslogan: «Yo no soy tonto.»

Pero don Amancio parecía complacido.

—Me alegra oír eso –dijo, obsequioso–. Así que permítame ir al grano. Verá, doña Elvira: resulta que... mi perro ha desaparecido.

¡Toma castaña! Habría dado yo algo bueno por ver ahora la cara de mi madre.

—Su... perro –la oí murmurar.

—Así es. Hace ya más de cuarenta y ocho horas que no sé nada de él. Para mí es casi como el hijo que nunca he tenido. Estoy realmente preocupado y, como comprenderá, no son asuntos por los que la policía se interese, de modo que... solo me queda usted. Es mi última esperanza.

Mi madre llenó los pulmones de aire lentamente.

—Me hago cargo de su preocupación, don Amancio, de veras. Pero nuestra agencia no se dedica a buscar mascotas. Está fuera de nuestro ámbito profesional.

—Lo sé, lo sé, pero confiaba en que aceptase el caso. Verá... se trata de un perro especial. Una raza poco habitual: un galgo persa.

Mi mandíbula inferior cayó por su propio peso, en medio del silencio, que duró un tiempo larguísimo, hasta que volví a oír a mi madre.

—¿Se refiere usted a un... saluki? ¿Como los que aparecen representados en las pirámides del antiguo Egipto y acompañaban a Tutankamón de caza hace cinco mil años?

El hombre abrió desmesuradamente ojos y boca.

—¡Efectivamente! ¡Oh, ya sabía yo que venía al sitio adecuado! ¿Podrá hacer una excepción en sus normas y buscarle, por favor? Aquí traigo una foto reciente. Mire, mire qué hermoso es. Se llama Marajá.

Tuve que taparme la boca para no lanzar una exclamación. Quien no se contuvo fue el propio Marajá que, al oír su nombre, ladró dos veces desde la cocina.

–¡Ah! –exclamó don Amancio–. ¿También tienen ustedes perro?

–Eeeh... Sí. Sí, un perro –contestó mi madre–. Tenemos un perro, sí.

–¿De qué raza?

–Pues... de ninguna. Es un... un chucho. Un perro de estos... sin raza. Sin pedigrí, vamos.

–También los perros así tienen derecho a encontrar a alguien que los cuide bien.

–Justamente.

–Le tendré que dejar mis datos y... un adelanto, supongo.

–Supone bien, don Amancio.

Cuando don Amancio abandonó nuestra casa, mi madre permaneció junto a la puerta, sin moverse, durante un rato muy largo. Se hallaba en tal estado de perplejidad que tuve que carraspear dos veces para llamar su atención. Por fin, se volvió hacia mí.

–¿Lo has oído? –me preguntó entonces.

–Todo. Lo he oído todo. Y es muy raro, ¿no te parece? Se trata del mismo perro, con el mismo nombre, la misma dirección... pero distinto dueño.

Entonces, alzó en la mano tres billetes amarillos.

–Y me ha pagado el adelanto en billetes de doscientos

euros.

Dos opciones

Diez minutos más tarde mamá y yo nos sentábamos en torno a la mesa de la cocina, ante sendas tazas de té verde.

–¿Qué hacemos, hijo?

Di un largo y cuidadoso trago de mi taza de té antes de contestar.

–Aun a riesgo de que me vuelvas a llamar pedante, yo creo que nuestras opciones se reducen a dos. Una: dado que don Vicente parece haber desaparecido, le entregamos el perro a don Amancio, damos el caso por resuelto y nos embolsamos los mil doscientos euros por prácticamente no hacer nada.

Mi madre frunció la nariz.

–No me convence. ¿Y si don Vicente aparece dentro de unos días? Tendríamos que decirle que le hemos dado su perro a otro tipo. Menudo papelón. ¿Cuál es tu segunda opción?

–Antes de devolverle el perro a uno u otro... intentemos resolver el misterio del perro con dos dueños. Tratemos de averiguar quién nos está mintiendo... y por qué. Esto no nos va a proporcionar dinero extra ni prestigio alguno, pero... es lo que haría un verdadero detective, ¿no crees?

Mi madre pareció consultar los reflejos de la superficie del té en su taza con la imagen de Snoopy.

–Estoy de acuerdo –concluyó–. ¿Por dónde empezamos?

Abrí los brazos, dando a entender que la respuesta era evidente.

–Por la casa, sin duda. Es el principal elemento misterioso. Tanto don Vicente como don Amancio, si es que esos son realmente sus nombres verdaderos, han declarado vivir en Villa Agripina. Y, sin embargo, ayer pasamos por allí y ninguno de ellos dio señales de vida.

–Pero todo apunta a que el verdadero habitante de la casa es don Vicente. Recuerda que el tipo de la tienda esotérica enseguida lo reconoció. Sabía quién era.

–Bueno, bueno... en realidad, todo eso lo vio a través de la bola de cristal.

–¡Por favor, Félix...! La bola de cristal no tiene nada que ver. Está clarísimo que el tipo del peluquín vio cómo esos dos hombres se llevaban a don Vicente en un coche negro mientras él echaba el cierre a su tienda el mediodía anterior.

–Ya lo sé, mamá. Era solo una broma.

–Ah. Bien. Y, llegados aquí... ¿qué propones que hagamos exactamente?

Me aclaré la garganta para tratar de que mi propuesta sonase convincente.

–Volvamos de nuevo a la casa. Si vemos que hoy Villa Agripina continúa deshabitada, soy partidario de colarnos dentro y buscar indicios que nos aclaren cuál de nuestros dos clientes es el verdadero dueño de Marajá.

–Me estás hablando de cometer un delito de allanamiento de morada.

–Cierto. Pero es por una buena causa. Ahora bien, si se te ocurre algo mejor...

Tutti frutti

Una hora más tarde, nos hallábamos de nuevo frente al número cinco de la plaza del presidente José Luis. Había convencido a mi madre para que Cuca y Luisfer nos acompañasen. Se trataba de un misterio tan misterioso que yo estaba convencido de que íbamos a necesitar cierta ayuda externa. Y ocho ojos ven más que cuatro. Sobre todo, si dos de esos ojos son los de Cuca. ¡Qué ojos, por favor...!

–Bien. Aquí estamos de nuevo –dijo mi madre, mientras los cuatro chupeteábamos sendos polos de limón que acabábamos de comprar en una heladería cercana llamada Tutti Frutti–. Al parecer, todo sigue igual, pero vamos a intentar asegurarnos de que, en efecto, no hay nadie en la casa. Llamaré al timbre de la puerta exterior dentro de, exactamente... tres minutos. En cuanto haya terminado de comerme el polo. Id ocupando vuestros puestos.

Tal como habíamos acordado previamente, Cuca, Luisfer y yo nos distribuimos por los alrededores del edificio tratando de detectar cualquier reacción o movimiento en el interior de la vivienda. Bien podría ser que hubiera alguien dentro y no quisiera atender a nuestra llamada. Merecía la pena ser precavidos.

En el momento convenido, mi madre apretó el pulsador. Incluso desde la calle, oímos claramente el sonido del timbre interior. Una vez, dos, tres... Así, durante más de dos minutos.

−¿Nada?

−Nada −respondimos los tres, cuando nos reunimos de nuevo todos frente a la puerta de la verja de Villa Agripina.

Ni un movimiento de cortinas ni un ruido ni una sombra... nada.

−Intentemos entrar en la casa, entonces −dijo mi madre.

−Esa pequeña puerta trasera que descubrí ayer sigue abierta, ahora estoy seguro −puntualicé.

−Y yo he localizado un punto por el que podríamos atravesar la verja −añadió Luisfer.

−¡Pero esto es una locura! −intervino Cuca−. Al menos, podríamos esperar a que se hiciera de noche, ¿no? ¿Cómo vamos a entrar en la casa a la vista de todo el mundo?

−Es lo mejor −aseguró Luisfer−. Hacer lo que nadie se espera, como si fuera la cosa más natural del mundo.

−Además, resulta preferible hacerlo de día −le explicó mi madre−. Por la noche, tendríamos que usar linternas para movernos por el interior y sería fácil delatar nuestra presencia a través de las ventanas.

–Eso, sin contar con que un allanamiento por la noche tiene el agravante de nocturnidad, de modo que si nos pillan es mejor que sea de día. La condena será menor –dije.

–Y por último –completó mi madre–. Si tengo que entrar en esta casa de noche, igual me muero de miedo, así que la decisión es bien clara: lo vamos a hacer de día.

–A por ello –concluyó Luisfer, con los ojos brillantes por la emoción.

Allanamiento

Lo más inquietante de la casa era la sensación de abandono, a pesar de no tener el menor aspecto de estar abandonada. No sé si me explico. Allí no había polvo ni telarañas ni platos sucios en el fregadero ni alimentos descompuestos en el frigorífico. Los relojes funcionaban y por los sifones de los desagües no se filtraba olor a alcantarilla, señal de que se utilizaban con frecuencia.

Y, sin embargo, la sensación de soledad, de soledad antigua y prolongada, resultaba feroz.

Cruzamos la verja por un rincón en el que faltaba uno de los barrotes y entramos al edificio por la puerta de servicio que, en efecto, se encontraba solo entornada. Recorrimos con el corazón encogido un pasillo largo, decorado con un papel pintado que bien podía haber pertenecido a alguno de los salones del palacio de Versailles, hasta desembocar en el distribuidor principal de la casa.

Los cuatro conteníamos la respiración. Y, desde luego, mi madre tenía razón: de haber entrado por la noche no estaríamos impresionados, como ahora, sino muertos de miedo. Mejor así.

–¿Qué buscamos, exactamente? –preguntó Cuca.

–Cuando lo encontremos te lo diré –respondió mi madre, enigmáticamente–. En realidad, cualquier cosa que nos permita aclarar quién es el verdadero dueño de Marajá. No me gustaría entregarle ese perro tan hermoso a la persona equivocada.

Accedimos entonces a la sala principal de la planta baja.

Había una gran chimenea, con todo el aspecto de no haber mantenido fuego desde muchísimo tiempo atrás. Y a ambos lados, dos muebles de biblioteca cuajaditos de libros exclusivamente científicos sobre las materias más dispares, de medicina a astronomía, física o pensamiento filosófico. Había también una armadura medieval completa pero falsa, de esas que se pueden comprar en las tiendas de recuerdos de Toledo. Un televisor de tubo catódico, aunque relativamente moderno. Un revistero de bambú con revistas de cuando en España mandaba Franco. De la pared opuesta al ventanal, colgaba un enorme cuadro abstracto de un tal Millares, hecho con escayola, trozos de tela de saco y cartones pintados y pegados sobre el lienzo. Era muy raro, todo rojo, blanco y negro; pero a mí me gustó. También vimos dos ardillas y un zorro, disecados. Y una gran pizarra portátil, situada en un bastidor con ruedas, sobre la que, pese a haber utilizado el cepillo borrador, aún podía distinguirse el rastro de complicadas fórmulas matemáticas escritas con tiza. También un mueble bar, con botellas de licores franceses como Chartreuse, Cointreau o Marie Brizard. Y una mesa larga de madera maciza, rodeada por ocho sillas de estilo indefinido.

Sobre una mesita auxiliar descubrimos varias fotografías. La única que nos llamó la atención mostraba a un grupo de seis jóvenes ataviados con batas blancas, todos gafados y algunos barbados, posando sonrientes en lo que parecía un laboratorio científico.

Mi madre la tomó en las manos para contemplarla de cerca.

–Cualquiera de estos podría ser don Vicente.

–¡Buf! O don Amancio –apunté–. Esa foto parece ser más vieja que Noé.

Mamá le dio la vuelta y desmontó el marco. En la parte posterior de la cartulina fotográfica había una relación de retratados, escrita con bolígrafo azul: «De izquierda a derecha: Emilio Colás, Eladio O'Hara, yo, Jenaro Cuerda, Alfredo Porcuna y Luis Sansegundo. Laboratorio de Propulsión a Chorro. Pasadena, California. Junio de 1974.»

–Fue tomada hace casi cuarenta años.

Tras dejarla en su lugar, continuamos avanzando por la casa. De modo inconsciente, lo hicimos hacia la parte que más nos había llamado la atención desde el primer momento: el torreón. Nos apetecía llegar a él cuanto antes.

Hay ocasiones en que los torreones defraudan. Vistos desde fuera, pueden parecer algo hermoso o espectacular y, sin embargo, por dentro no pasan de ser una parte más de las dependencias de cada piso. Pero este, el torreón de Villa Agripina, no nos defraudó en absoluto.

A través de un arco apuntado abierto en el tabique de la sala principal, accedimos a su parte inferior. Y al alzar la vista, no pudimos evitar una cuádruple exclamación de asombro.

El interior del torreón era, en realidad, la caja de una enorme escalera, la única de la casa, la que comunicaba entre sí el resto de los pisos. Carecía de rellanos, salvo en los rincones, donde cada tramo de escalones se unía en perpendicular al siguiente, siempre en ascenso en torno a un gran hueco central, siempre girando noventa grados hacia la izquierda, de modo que la escalera ascendía formando una espiral que crecía en sentido contrario a las agujas del reloj. En el centro de cada uno de los tramos situados sobre el tabique común con el resto de la casa se abrían las tres puertas que daban acceso, respectivamente, a los dos pisos y a la buhardilla. Por fin, una última sucesión de peldaños, mucho más estrechos que los restantes, conducían mediante un arriesgado diseño hasta la terraza exterior del torreón, la de los arcos de estilo árabe, y desde la que, sin duda, debía de dominarse todo el barrio y gran parte del resto de la ciudad.

Nuestro silencio, solo matizado por susurros de admiración, duró varios minutos.

–¿Qué tal si subimos? –propuso Luisfer, al fin.

–Por supuesto. Además, parece que no hay otra forma de llegar hasta los pisos superiores –indicó mi madre.

–Yo lo estoy deseando –confesé–, pero supongo que habéis caído en la cuenta de que existe la posibilidad de que don Amancio o don Vicente se encuentren en las habitaciones de arriba.

–No lo creo. No han respondido al timbre. Ni han dado señales de vida desde que hemos entrado –dijo Cuca.

–¡Exacto! No han dado señales de vida. Es lo que habría ocurrido si ambos estuviesen... muertos.

Cuca dio un respingo y se agarró de mi brazo.

–No lo dirás en serio.

–Pues claro que no.

–¡Eres idiota! –dijo. Pero no me soltó el brazo.

Comenzamos a subir lentamente la escalera, tan ancha que nos habría permitido subir de a tres en fondo. Lo hicimos, sin embargo, de dos en dos, con Luisfer y mi madre abriendo la marcha y Cuca y yo, cogidos de la mano, inmediatamente después.

La primera sorpresa no tardó en llegar. La encontramos en el descansillo en que se unían los dos primeros tramos de escalones.

–Mirad, qué preciosidad de rinconero –nos indicó mi madre, con la voz velada.

Nos señalaba un gran mueble de sección triangular, que aprovechaba por completo el rincón formado por las dos paredes del torreón, dándole forma de chaflán.

–Debe de medir casi tres metros de altura –calculó Cuca.

Construido todo él en madera oscura –de nogal, quizá–, estaba tallado a mano con motivos relacionados con los juegos de azar: dados, naipes, fichas de casino, sucesiones de números...

Sin encomendarse a nadie, Luisfer fue hacia el mueble y, con gesto seguro, abrió la puerta.

En su interior, descubrimos diez estantes de cristal, colgados a intervalos regulares. Y sobre cada uno de esos diez estantes, un tablero de ajedrez diferente, con sus treinta y dos piezas preparadas para iniciar la partida.

–Algunos son preciosos –murmuró Luisfer–. Fijaos en ese, compuesto por soldados y oficiales de dos ejércitos.

–Unos son franceses y la figura del rey es Napoleón Bonaparte –aclaró mi madre–. Las otras piezas son el Duque de Wellington y sus hombres.

–La batalla de Waterloo, entonces –dedujo Cuca. Y yo recuerdo que pensé: «Hay que ver lo lista que es esta chica.»

Pronto nos percatamos de que, en cada uno de los dieciséis rincones que se formaban entre los tramos de la enorme escalera, había un mueble rinconero similar a aquel, de sus mismas dimensiones pero decorados con relieves diferentes, aunque, eso sí, siempre relacionados con los juegos, bien de ingenio o bien de azar.

Los dos siguientes estaban llenos de rompecabezas. De puzles, que dicen los que saben inglés. Docenas de ellos. De doscientas sesenta, de cuatrocientas cuarenta, de seiscientas cincuenta, de mil, hasta de tres mil piezas, algunos.

En el cuarto mueble se guardaban varios cientos de barajas, muchas de ellas sin abrir, aún protegidas por la funda de papel de seda que garantiza la ausencia de manipulación.

En los siguientes, encontramos juegos de parchís y de la oca, abundantes dominós, pequeños bombos de bingo y lotería, cubiletes con juegos de dados e incluso muchos juegos de mesa: Monopoly, Risk, Scrabble, cubos de Rubik... Lamentablemente, no vi ningún Cluedo, que es mi juego favorito, como ya sabéis.

No era una mera acumulación de objetos. Era una colección con todas las de la ley. Ninguna de las piezas podía calificarse de corriente. Los juegos comerciales pertenecían a ediciones especiales y limitadas; la mayoría de las barajas eran antiguas y hermosísimas; las fichas de dominó, talladas en piedras semipreciosas, mármol o marfil; las bolitas de las loterías eran de maderas nobles trabajadas a mano una por una...

–Todo esto es digno de un museo –comentó mi madre– y, sin embargo, aquí está, bajo llave, para disfrute exclusivo de... ¿quién?

Habíamos ascendido la escalera completa, a falta solo del acceso a la terraza. A todos nos apetecía llegar hasta el final y asomarnos a la ciudad desde lo alto, pero mi madre nos los prohibió tajantemente.

–¡Nada de salir a la terraza! Es muy arriesgado. Cualquiera podría vernos desde la calle o desde las ventanas de otros edificios. Echemos un vistazo al resto de la casa y marchémonos cuanto antes. Empiezo a ponerme nerviosa.

A través de su puerta correspondiente, accedimos primero a la buhardilla. Esto sí fue una decepción, pues era diáfana y no vimos nada en ella. Y no digo nada digno de mencionarse sino, simplemente, nada. Ni siquiera telarañas.

Nuestro posterior paseo por las habitaciones de la segunda y la primera planta resultó igualmente decepcionante. Dos dormitorios dobles y dos cuartos de baño por planta, más algunas zonas complementarias, ocupadas por enseres de limpieza, lavaderos y un amplio cuarto de plancha. En el primer piso, es cierto, descubrimos una biblioteca con obras ya no científicas, como en la planta principal, sino exclusivamente literarias. No estaba mal, pero nadie la habría calificado de espectacular. En total, no más de dos o tres mil volúmenes, calculé.

En general, todas las dependencias aparecían limpias y ordenadas pero sin la impronta del uso cotidiano. Más bien, como preparadas para recibir futuras visitas.

Para entonces, mi madre daba claras muestras de impaciencia y desconcierto.

—No puede ser —la oí murmurar—. No puedo creerlo. ¿Nos vamos a marchar de aquí sin haber encontrado lo que buscábamos? ¿Sin saber quién es el verdadero habitante de esta casa y el dueño de Mustafá?

—Marajá, mamá.

En ese momento, un timbrazo largo nos hizo dar un bote colectivo.

—¡Aaah! ¿Qué es eso?

—¡Alguien está llamando al timbre!

—¿Al de la casa o al de la calle?

—¡No sé!

Luisfer corrió hacia una de las ventanas y se asomaba ya a través de una mínima separación de los visillos.

–¡Ostrás! –exclamó–. ¡Es el timbre de la verja! ¡Los que llaman son dos tipos jóvenes de traje oscuro! ¡Y han debido de venir en ese coche negro que está aparcado frente a la puerta!

–¿Quiénes son?

–¡Policías, seguro!

–¡Pero si van de paisano!

–¡Policías de paisano! ¡Esos son los peores!

–¡Quietos! –ordenó mi madre–. ¡Callad un poco, si podéis! Si creen que no hay nadie en la casa a lo mejor se van.

Pero un minuto más tarde, constatamos que la predicción de mi madre no iba por buen camino.

–¡Están hurgando en la cerradura! –exclamó Luisfer–. ¡Van a entrar!

–¡Tenemos que huir! –gritó Cuca–. ¡Si la policía me detiene, mi padre me mata!

–¡Calma, calma! –nos pidió mi madre–. Tratemos de pensar con frialdad. Escuchadme: cuando esos dos tipos entren, cruzarán el jardín y seguro que se dirigirán hacia la entrada principal de la casa. Con un poco de suerte, si nosotros salimos en ese momento por la puerta trasera, les daremos esquinazo.

–Entonces, hay que ponerse en camino ya –nos advirtió Luisfer–. ¡Han abierto la puerta de la verja y ya avanzan por el jardín!

–¡Vamos, vamos, vamos...!

Uno tras otro y muy juntitos, descendimos en silencio y a toda prisa a la planta principal, deshaciendo el camino que habíamos seguido antes, hasta salir al jardín por la puerta de servicio.

Una vez fuera de la casa, nos ocultamos tras unos setos.

−¡Maldita sea! −exclamó Luisfer tras echar un vistazo−. Los intrusos eran tres, no dos, y uno de ellos se ha quedado de guardia en la calle. No podemos salir sin ser vistos.

−En ese caso... tendremos que ocultarnos hasta que se vayan −propuso mi madre.

−¿Y dónde?

−Si ellos se dirigen a la casa... deberíamos escondernos en aquella cochera y esperar allí a que se marchen o a que surja la ocasión de escapar.

−¡Buena idea, señora!

−¡Vamos! ¡Deprisa!

Agachados como soldados de las fuerzas especiales, avanzamos protegidos por un seto hasta alcanzar las inmediaciones del cobertizo. A mí, el corazón me galopaba como un purasangre.

−¡Bien! Está abierta −dijo mi madre, accionando la manilla−. En cuanto abra la puerta, vosotros os lanzáis dentro. Yo entraré la última y cerraré tras de mí. ¿Entendido?

−Sí.

−Sí.

−Sí.

−Pues... ¡vamos!

Luisfer fue el primero en entrar. De inmediato, lo hice yo, tirando del brazo de Cuca. Mi madre entró después y cerró la puerta. Todo, en menos de cinco segundos.

Las ventanas de la cochera estaban cerradas a cal y canto, así que nos vimos de inmediato rodeados por la oscuridad. Y jadeantes por el esfuerzo.

Muy jadeantes. Jadeantísimos.

–A ver... ¿quién está respirando de esa manera tan exagerada? –susurró mi madre.

–Yo, no.

–Yo, tampoco.

–Ni yo.

Los jadeos aumentaron en número y velocidad. Aquello era muy raro. De repente, Cuca me abrazó tan fuerte que pensé que me iba a romper las costillas. Sentí su boca buscando mi oreja derecha. Primero, pensé que quería darme un beso, aprovechando la oscuridad; pero lo cierto es que habría sido un beso muy raro. ¿Un beso en la oreja? No, no... enseguida caí en la cuenta de que solo pretendía susurrarme algo al oído. Lo hizo con el miedo silbándole entre los dientes y la voz temblorosa.

–Félix... aquí dentro hay... hay alguien más.

–¿Qué...?

Me di cuenta de que tenía razón. Allí, en el interior del cobertizo, junto a nosotros, oculto en la oscuridad, había, sin duda, alguien más. Alguien que jadeaba sonoramente, cada vez más deprisa, de un modo... de un modo inhumano. El pánico me invadió de golpe, como si alguien volcase de pronto un cubo de agua caliente sobre mi cabeza. En medio de la negrura que nos rodeaba y en apenas tres segundos, mi imaginación dibujó monstruos alienígenas a punto de lanzarnos escupitajos de ácido fluorhídrico, ase-

sinos psicópatas pertrechados con machetes de filo enve-
nenado con curare y otras amenazas varias.

De pronto, los jadeos fueron sustituidos por un gruñi-
do largo seguido por un ladrido corto, lo que provocó un
nuevo vuelco de nuestros agitados corazones.

–¡Oh, cielos...! –exclamó mi madre, al atar cabos–. ¡Hay
un perro! ¡Aquí dentro hay un perro!

Sobre sus últimas palabras, sonó otro ladrido, distinto del anterior. Y, enseguida, otro más. Y otro. ¡Y otro! En
apenas unos segundos, un terrible coro de ladridos llenaba
por completo la oscuridad.

¡No había allí un perro sino un montón de perros! ¡Podíamos estar a punto de ser despedazados por una jauría
de mastines hambrientos!

Instintivamente, retrocedimos con torpeza, tropezan-
do unos con otros, tratando de alejarnos en lo posible de
aquellas fieras a las que no podíamos ver –aunque sí imaginar–, hasta alcanzar la pared opuesta, donde nos buscamos los cuatro, unos a otros, acurrucándonos abrazados,
en un intento de protección común.

–¡Chssst...! Silencio, guapos, guapísimos –rogó mi madre a los animales, sin el menor éxito–. ¡Que nos van a descubrir! ¡Silencio! ¡Callad! ¡Ssssh...!

En medio de la algarabía, nos llegaron desde fuera las
voces de los hombres del traje oscuro.

–Los ladridos vienen de aquí, Toni. De ese cobertizo.
Debe de haber un montón de perros. Voy a echar un vistazo.

–¡Ten cuidado, no se vayan a escapar!

–¡Descuida! Menuda mano tengo yo con los perros.

Cinco segundos más tarde, el tipo abrió de golpe la puerta del cobertizo y, para nosotros, su silueta quedó dibujada a contraluz sobre un rectángulo luminoso. Y eso nos permitió también, por fin, contemplar a los perros. Eran un montón.

Uno, dos, tres, cuatro, cinco, seis, siete, ocho, nueve, diez, once... ¡doce! ¡Doce perros! Todos diferentes, además.

Naturalmente, el susto que se llevó el del traje negro al descubrirnos allí dentro resultó antológico. Fue vernos, trastabillar y caer de espaldas ahogando un grito.

Eso sí, reaccionó enseguida y, cuando se incorporó, empuñaba en la mano derecha una pistola negra como la muerte, con la que nos apuntó nerviosamente.

–¡No os mováis! ¡No mováis ni un pelo u os frío a tiros! ¡Toni! ¡Ayuda! ¡Hay intrusos!

–¿Dónde?

–¡Aquí, en el cobertizo de los perros!

El tal Toni apareció al cabo de unos segundos, con ademanes de policía de telefilme y un pistolón bastante más grande que el de su compañero.

–¡Las manos arriba! –dijo el uno.

–¡Las manos en la nuca! –gritó el otro, simultáneamente.

–¿En qué quedamos? –preguntó Luisfer.

–¡Por favor...! –exclamó mi madre, con tono disgustado–. Bajen las armas de inmediato. ¿No ven que son unos niños?

–Somos totalmente inofensivos –añadió Cuca.

—¡Eso ya lo decidiré yo! —replicó el de la pistola pequeña que, de inmediato, se volvió hacia mi madre—. ¿Y usted? ¡Usted no es una niña!

—Es evidente que no. Me llamo Elvira Ballesteros y soy
detective privado.

Teniente Manley

Con las manos en la nuca y la mirada baja, como prisioneros de guerra, nos condujeron a través del jardín hasta la puerta de la verja. Justo en ese momento, aparcaba frente a ella un segundo coche negro. Bajó del auto un hombre de mediana edad y complexión atlética, vestido con el mismo traje oscuro que los otros, corbata de nudo pequeño, camisa de raya diplomática y que usaba gafas de sol modelo aviador.

El que respondía por Toni se dirigió a él de inmediato.

–Mi teniente, estos son los intrusos que hallamos en la casa. Bueno, en realidad, no estaban en la casa sino en un cobertizo anexo, lleno de perros.

El hombre de las Ray-Ban se detuvo a unos metros de nosotros y nos lanzó una mirada rápida.

–¿Tres adolescentes y una mujer? ¿Y para eso me has hecho venir hasta aquí, Ramírez?

–Bueno... Es que... es algo tan raro que me ha parecido sospechoso, mi teniente.

Yo me volví hacia mi madre. Me extrañó cómo mantenía la mirada clavada en el suelo hasta que, al escuchar la voz del recién llegado, quitó las manos de la nuca y alzó la vista para mirarle directamente. Él se percató de su gesto y volvió a mirarla de nuevo, ahora con más atención. Enseguida, entreabrió los labios, mostrando su sorpresa. Lentamente, se quitó las gafas con la mano izquierda.

–¿Elvira? ¿Eres tú? –dijo, como sin acabar de creerlo.

–Hola, Felipe –respondió mi madre, después de tragar saliva.

–¿Se conocen ustedes, mi teniente? –preguntó Toni.

El oficial lo señaló con el dedo.

–Vosotros, id a registrar la casa, que para eso habéis venido. ¡Ya!

–¡A la orden, mi teniente!

Cuando los tres hombres se retiraron, el tal Felipe se acercó a mi madre y la tomó por las manos. Sin embargo, fue ella la primera en hablar.

–Es asombroso lo poco que has cambiado en todos estos años.

–Al contrario que tú... que estás mucho más guapa que entonces –le dijo él, consiguiendo que mi madre se ruborizase.

Acto seguido, el tipo se volvió hacia nosotros.

–¿Y estos chicos?

–Cuca y Luisfer son dos buenos amigos nuestros –le respondió mi madre–. El de las pecas es Félix.

El hombre me miró de arriba abajo con atención, ni serio ni sonriente. Mientras tanto, mi madre se dirigió a mí.

–Félix, hijo: te presento al agente secreto Felipe Manley.

Al escuchar aquello, Luisfer y Cuca me miraron con la sorpresa dibujada en la cara. Yo parpadeé tres o cuatro veces.

–¿Manley? –repetí–. Pero... pero entonces...

–Sí, sí, en efecto: es tu padre.

El hijo del espía

–Me dijiste que nos había abandonado siendo yo muy niño. ¡Y que era agente de seguros!

–Bueno... agente de seguros, agente secreto... tampoco hay tanta diferencia, caramba.

–Pero ahora resulta que fuiste tú la que lo echó de casa.

–¡Es que me engañó!

–¿Te engañó? ¿Te engañó con otra mujer?

–¡Me engañó al decirme que era agente de seguros!

–¡No entiendo nada, mamá!

La gente que paseaba por la plaza del presidente José Luis nos miraba en la distancia, a hurtadillas, mientras discutíamos a tres bandas en el jardín de Villa Agripina. Cuca y Luisfer, claro, también asistían a nuestra bronca familiar, claramente incómodos con la escena.

En ese momento, mi padre alzó la mano.

–¿Quieres que se lo explique yo al chico? Es que te

veo un poco confusa, Elvira. Como han pasado tantos años...

—¡No estoy confusa! —gritó mi madre—. No estoy nada confusa. Me acuerdo de todo como si hubiese ocurrido ayer. ¡Pero dale!

Mi padre resopló y se volvió hacia mí.

—¿Qué tal si empezamos por el principio?

—Bien —dije—. Realmente, lo estoy deseando, a ver si me entero de algo.

—Pues vamos allá. Verás, Félix: tu madre y yo nos conocimos una noche del verano de mil novecientos noventa y siete en una discoteca de Playa de Aro, en la Costa Brava. Sonaba una canción de Georgie Dann, cuando...

—Al grano.

—Vaaale. El caso es que nos miramos y nos enamoramos al instante.

—Un flechazo.

—¡Justo! Fue amor instantáneo.

—Como el Nescafé.

—Ni más ni menos. Pero comprenderás que, pese al flechazo, no le podía confesar nada más conocernos que yo era un agente secreto del gobierno. ¡Habría sido el espía más tonto del mundo!

—¡Yo sí que fui la chica más tonta del mundo! —clamó mi madre, con aire dramático—. ¡Por tragarme tus mentiras! ¡Judas! ¡Iscariote!

Mi padre apenas le lanzó una mirada de reojo, suspiró hondo y continuó.

93

–Le dije que trabajaba vendiendo seguros; pero apenas tres meses más tarde, en cuanto comprobé que lo nuestro iba en serio, le confesé la verdad. ¡Y entonces se puso hecha una fiera!

–¡Normal, Felipe, normal! Ya vivíamos juntos, y yo me había hecho la ilusión de ser la esposa de un honrado y aburrido oficinista. Y, de pronto... ¡me veo convertida, sin comerlo ni beberlo, en la novia del superagente ochenta y seis!

–Total, que cogió un berrinche fenomenal y me echó de casa con cajas destempladas. Metió todas mis cosas en una maleta y la tiró por el balcón.

–¡No es cierto! La tiré por el hueco de la escalera.

–¡Disculpa! –replicó Manley, alzando el índice derecho–. Perdona que te contradiga, cariño, pero al que tiraste por el hueco de la escalera fue a mí, que conseguí salir ileso gracias al excelente entrenamiento recibido en la escuela de agentes secretos.

–Eeeh... bueno, puede ser. Ahí tengo dudas. Mi memoria se nubla.

Manley continuó su relato.

–Durante las dos siguientes semanas, traté de buscar la reconciliación por todos los medios... pero no hubo manera. Tu madre no atendía a razones. No me abría la puerta de casa, no me cogía el teléfono... Yo estaba completamente destrozado y, justo en ese momento, me encomendaron una misión en el extranjero. La acepté, pensando que sería bueno dejar pasar un tiempo antes de volver a intentar arreglar lo nuestro.

–Un tiempo, dice el tío... ¡Un tiempo! ¡Seis años estuve sin saber de ti! ¡Setenta y dos meses! ¡Quinientas trece semanas, que se dice pronto!

–Lo siento, Elvira. Resultó que me enviaron a Bolivia y, al poco de llegar, una operación secreta salió mal, me capturaron y pasé todo ese tiempo en la cárcel. Fue al salir de la trena cuando me enteré de que tenía un hijo de cinco años y medio.

Ahí se produjo la primera tregua. Mi madre, de pronto, palideció.

–¿Pasaste aquellos seis años... en la cárcel?

–En una cárcel boliviana, nada menos –dijo mi padre, quitándose sus Ray-Ban de aviador. Luego, se frotó el puente de la nariz. Y añadió:

–Te escribí montones de cartas desde mi celda. Los compañeros de presidio me llamaban el Gustavo Adolfo Bécquer, no te digo más.

Mi madre bajó la vista.

–Yo nunca recibí ninguna.

Era la historia más rara que yo había oído en mi vida. Y resulta que era la historia de mis padres. Mi propia historia, en cierto modo.

–Y ahora... ¿me vas a contar qué demonios estabais haciendo tú y los chicos escondidos en ese cobertizo lleno de perros? –preguntó el agente Manley.

–Claro que sí –respondió mi madre–. En cuanto nos digas qué buscáis tú y estos jóvenes de traje oscuro en esta casa.

–Primero, tú.

–Ni hablar: tú, primero.

–¡Yo he preguntado antes!

–¡Y nosotros ya estábamos aquí cuando habéis llegado, no te fastidia!

Mi padre gruñó.

–Ya veo que sigues igual de cabezota. Pero resulta que lo mío es un asunto de alto secreto.

–¡Toma! Pues igualito que lo mío –replicó mamá, riendo–. Anda, Felipe, canta de una vez. Porque si no, yo no voy a abrir la boca.

Mi padre rechinó los dientes, pero acabó por ceder.

–De acueeerdo. Resulta que el dueño de esta casa lleva un par de días en nuestro cuartel general...

–¡Lo habéis secuestrado!

–No, no...

–¡Pues claro que sí! ¡El dependiente de Athanasius vio cómo dos tipos vestidos de negro metían a don Vicente a la fuerza en un coche como ese!

–¡Que no lo hemos secuestrado, caramba! Él está colaborando con nosotros voluntariamente. Antes de jubilarse, don Vicente Barrantes fue un importante científico que trabajó en diversos proyectos tecnológicos. Ahora, en torno a uno de esos proyectos se ha producido una situación de emergencia y hemos pedido su ayuda. He enviado aquí a mis hombres para recoger algunos de sus archivos y carpetas. Y hasta aquí puedo contar. Lo demás, como te digo, es alto secreto.

De momento ya nos habíamos enterado de algo: el dueño de Villa Agripina, en efecto, parecía ser don Vicente, no don Amancio.

–Te toca, Elvira –le indicó mi padre.

Mi madre exhibió entonces una amplia, aunque desconfiada sonrisa. Y comenzó a hablar.

–Lo mío es muy sencillo: el señor Barrantes es mi cliente. Los chicos y yo habíamos venido aquí para hablar con él del caso que llevamos entre manos.

–¿Tu... cliente? –preguntó mi padre, claramente sorprendido–. ¿Cliente de qué? ¿Qué es eso de que llevas un caso entre manos?

Mi madre sonrió de nuevo.

–La verdad, no sé para qué sirven los servicios de inteligencia de este país, si no se enteran de nada. Por si no lo sabías, maravilloso agente secreto, ya no soy la maestra de primaria Ballesteros. Ahora soy la detective privada Ballesteros. ¡Detective diplomada, ojo!

–¡Qué me dices!

–Lo que oyes. Y estoy investigando un caso por cuenta de don Vicente.

Manley frunció el ceño.

–¿Cuándo te encargó ese trabajo?

–Anteayer por la mañana. Poco antes de que tus hombres lo secuestraran a punta de pistola, por lo visto.

–¡Que no lo hemos...! Bueno, es igual. ¿Y de qué asunto se trata?

–Eso no puedo decírtelo. Alto secreto, como lo tuyo.

–¡Elvira, por Dios! –dijo Manley, firmísimo.

Se produjo una pausa tensa, que rompió mi madre.

–Está bien. Investigo una... desaparición.

–¡Maldita sea, Elvira! –bramó mi padre–. ¡Deja de jugar

a los detectives, que este es un asunto de importancia nacional! ¡Dime ahora mismo quién ha desaparecido!

Mamá resopló con fastidio.

–Nadie.

–¿Cómo que nadie? Acabas de decirme que...

–¡Vale, vale! –cortó ella–. Su perro. Había desaparecido su perro. Se llama Marajá y es un galgo persa. Pero no te preocupes, que ya lo hemos encontrado.

Noté cómo mi padre relajaba la expresión y, luego, se mordía los carrillos para no echarse a reír.

–¿Eres una detective de mascotas? ¡No me fastidies!

Mi madre apretó los puños, con rabia.

–¡De eso, nada! ¡Soy una auténtica detective privada! ¡Te he dicho que tengo el diploma del Ministerio!

–Bien, bueno, vale, mujer, lo que tú digas. Oye... ¿me presentarás a Jim Carrey? Es mi actor favorito.

–¡A que te doy! ¡Gracioso!

Archipiélago gulag

Unos minutos más tarde, mi padre se ofreció a acercarnos a nuestro barrio en su coche oficial, a lo que accedimos encantados. Nos llevó con una luz azul destellante que colocó en el techo y la sirena sonando a toda traca. Al descender del auto, Luisfer parecía en estado de transfiguración.

–Ha sido una mañana alucinante, Félix –me dijo, con la mirada encendida–. ¡Alucinante!

–Bueno... tampoco ha sido para tanto.

–¿Que no? La casa, la escalera del torreón, la llegada de los agentes secretos, los doce perros, el paseo en coche patrulla y, por supuesto... ¡tu padre! ¡Vamos...! Lo de tu padre ya ha sido la leche en bote, no me lo puedes negar.

–Me alegro de que te hayas divertido, pero ahora no vayas por ahí contando todo esto, haz el favor.

–¿Qué? –protestó, indignado–. ¿No puedo contarlo? Pero, hombre, estas cosas hay que compartirlas con los amigos, presumir de ello... si no, ¿de qué sirve tanto miedo como hemos pasado? ¿Eh? ¡Venga! ¿Puedo contar, al menos, lo de tu padre?

–Eso, menos que nada.

–¡No seas así, Félix! Es una historia preciosa, como de telenovela venezolana. Ideal para ligar con las chicas del colegio del Sagrado Corazón. No habrá ni una que se resista.

–¡Que no, hombre, no seas pelma! Además, no creo que mi padre haya aparecido de repente, después de todos estos años, para instalarse en mi vida. No ha sido más que una chiripa, un guiño del destino. Supongo que se esfumará tan rápido como ha llegado.

–¡Huuuy...! Yo no estaría tan segura de eso –dijo entonces Cuca.

Con una media sonrisa en los labios, me señaló el coche de Manley con un movimiento de las cejas. En los asientos delanteros, mis padres se daban un beso como los de las antiguas películas de Hollywood.

–No me... fastidies...–murmuré, mientras dejaba escapar lentamente el aire de los pulmones hasta vaciarlos por completo.

Luisfer se despidió con una sonrisa.

–Nos vemos luego en el Old Trafford, ¿vale?

–Vale. ¡Y acuérdate de mantener la boca cerrada!

–Lo intentaré.

Sobre la acera, quedamos solos Cuca y yo. Lancé una nueva mirada sobre mis progenitores, que seguían con sus carantoñas, y me llevé una mano a la frente.

–¿Qué te ocurre? –me preguntó mi amiga.

–¿Eh...? ¡Nada! Nada, nada... es que... nada.

–Te noto bastante agobiado y yo creo que no es para tanto. Es cierto que no todos los días se encuentra uno con un padre al que no ha visto en su vida y que, además, resulta ser un espía. Pero, vamos, no me parece algo catastrófico. Podría haber sido peor.

–¿Peor? Sí, claro: en lugar de trabajar en el CNI podía haber sido un agente del KGB con órdenes de llevarnos a todos a un gulag de Siberia.

Cuca se me acercó y me dio un beso en la mejilla. Eso terminó de desconcertarme, aunque disipó instantáneamente mi mal humor.

–Bueno, me voy a casa, que ya es hora de comer –me dijo–. Si quieres hablar un rato esta tarde, me llamas. Piensa que tengo la ventaja de que a mí no me lo tienes que explicar todo desde el principio.

Asentí, sonriendo.

–Gracias, Cuca. Lo... lo tendré presente.

La seguí con la mirada mientras se alejaba. Llevaba una camiseta sin mangas y un vaquero corto. La luz casi cenital del sol le recortaba la silueta de una manera angelical, como si estuviese dotada de aura propia. De pronto, se volvió para despedirse de mí con una sonrisa y un gesto de la mano.

En ese momento me pareció la chica más hermosa de la Tierra.

Un pequeño retortijón tras el ombligo, que ascendió hasta la boca del estómago, me hizo preguntarme si aquello significaba que me había enamorado; si Cuca Pador-nelo iba a ser mi primera novia, esa chica con la que, fi-nalmente, no te casas, pero a la que ya no puedes olvidar durante el resto de tu vida.

Y hablando de amores inolvidables, mi madre y el agente secreto seguían a lo suyo, encantados de haberse reencontrado.

¡Por dios, qué día...!

Guinness

A la hora de preparar la comida no nos complicamos lo más mínimo: de primero, unos tomates con sal y aceite, con unos trozos de escabeche de lata, un huevo duro a rodajas, cebolla dulce y aceitunas negras. De segundo, pechugas de pollo empanadas.

Durante todo este tiempo, mi madre apenas abrió la boca, aunque sonreía como una boba mientras tarareaba por lo bajini una canción de *Grease*.

Entre la ensalada y las pechugas, decidí romper el silencio.

—Qué casualidad, ¿no crees?

—¿El qué?

—La de encontrarnos con el... con tu... con mi padre, después de todos estos años.

Le chispearon los ojos como bengalas. Lo noté claramente.

–Sí, bueno... quién lo iba a imaginar. Aunque, si estaba escrito que teníamos que volver a encontrarnos en algún momento... hoy era un día tan bueno como cualquier otro.

–Sin duda. Por cierto, ¿de qué habéis hablado en el coche?

–De nada.

–Me refiero, entre beso y beso.

–¡Qué bruto eres! De nada, te digo.

–Pues habéis estado cuarenta minutos hablando de nada. Debe de ser un nuevo récord Guinness. Lástima no haber tenido un notario a mano.

Mi madre sonrió mientras enterraba la mirada en el plato.

–Bueno, ya sabes, teníamos que aclarar de una vez por todas el malentendido de hace quince años... y, luego, ponernos al día de esto y de lo otro...

–¿Y os habéis puesto al día?

–No del todo. Algunas cosas nos han quedado pendientes.

–O sea, que vais a volver a quedar.

–Bueno... nos hemos cambiado los números de teléfono para llamarnos un día de estos.

–¿Un día de estos o un día en concreto?

Como respuesta a mi pregunta, en ese mismo instante comenzó a sonar el móvil de mamá. Pude ver que en la pantalla aparecía el nombre «Superagente 86».

Mi madre saltó sobre el teléfono como una rana y luego corrió como una gacela para meterse en su dormitorio y cerró la puerta. Como una adolescente pillada en falta, vaya. Salió sonriente al cabo de cinco minutos.

–¿Era él?

–No.

–¡Mamá...!

–¡Ay, qué pelma eres, hijo! Sí, sí. Era él. ¿Qué pasa?

–Habéis quedado.

–No.

–¡Mamá...!

–¡Bueno, sí! Esta noche. A cenar.

–Caramba. A eso se le llama ir deprisa.

–¿Deprisa? ¡Pero, Félix, hijo, si lo que tu padre y yo llevamos son quince años de retraso! La única ventaja es que nos podemos ahorrar los preliminares.

–Mira, eso es cierto. Y como ya tenéis un hijo en común, podéis continuar a partir de ahí. ¡Directamente a por la parejita!

Fue el momento en que mi madre se volvió hacia mí con cara de pocos amigos.

–¡No te pases de la raya! Y antes de ponerte cáustico y grosero conmigo, deberías saber que tu padre es el único hombre al que he querido en toda mi vida. ¿Me has visto alguna vez salir con otro?

–No. Y no creas que no me parecía sospechoso.

–¡Pues eso! Ahora, inesperadamente, la vida ha vuelto a reunirnos. Es como si el tiempo hubiese retrocedido quince años de golpe. Pensé que nunca volvería a saber de él y, mira por dónde, aquí está. No ha engordado, no ha perdido el pelo, sigue besando igual de bien que entonces o mejor y me acaba de llamar por teléfono para llevarme a cenar esta noche a un sitio caro. Déjame ver qué sucede y no me lo fastidies antes de hora, ¿quieres?

Inspiré profundamente. Sí, quizás me había pasado de la raya.

–Vaaale –acepté–. Pero no te fíes. Ya sabes lo canallas que pueden llegar a ser los hombres.

–Que sí, que sí. Descuida.

Horchatería Tortosa

Por la tarde, llamé a Cuca, procurando que no se me notase la ansiedad. Le dije que teníamos que vernos porque necesitaba su ayuda.

Quedamos en la terraza de la heladería Tortosa, donde ponen las mejores horchatas de la ciudad.

Cuando la vi aparecer, tuve la sensación de que estaba aún más guapa que por la mañana. Esa sonrisa suya no tiene comparación posible. Bueno, quizá con la de Maribel Verdú.

Me dio dos besos y, en efecto, olían a colonia de la buena, como mi madre ya había notado. Y sus ojos... ¿siempre los había tenido así, tan grandes y almendrados y del color de la miel de romero?

Pedimos dos horchatas granizadas y ella empezó a hablar de algo que no recuerdo porque yo miraba sus labios pero no lograba prestar atención a nada de lo que decía con ellos. En una pausa acercó la boca a la pajita y dio un trago largo a su horchata. No sé por qué, a mí me entraron sudores fríos. Jamás había visto a nadie beber horchata con tantísimo estilo.

–¿Sabes que es la primera vez que salimos los dos solos? –me dijo ella, de repente.

Claro que lo sabía.

–¿En serio? Naaa, seguro que ya ha habido otras veces.

Cuca negó, con una sonrisa y un encantador movimiento de la cabeza.

–Pues no. Es la primera. Hasta ahora, siempre habíamos salido en pandilla.

–Si eso te molesta... –añadí.

–Si me molesta, ya te lo diré. Ahora, ¿qué tal si vamos directamente al asunto?

–El... asunto.

–Claro. ¿Qué es eso en lo que necesitas mi ayuda?

Fin del hechizo. Vuelta a la realidad.

–¡Ah, sí...! Necesito... necesito que me ayudes a pensar. Estoy hecho un verdadero lío.

–Cuenta.

–Verás: lo que yo digo es... todo lo que ha pasado en las últimas setenta y dos horas... ya sabes: lo del perro desaparecido con dos amos, uno de ellos también desaparecido; lo de esa casa tan grande y llena de misterios; la llegada de esos agentes del CNI; y, por supuesto, la aparición de mi padre después de toda una vida sin saber nada de él... ¿no crees que todo esto junto es algo muy... raro?

–Hombre... algo raro sí que parece. Pero la vida tiene estas cosas. A veces. Supongo. Tampoco soy una experta en la vida. Quince años no dan para mucho.

Ahora fui yo el que dio un largo trago de horchata. Tenía la boca seca.

–O sea, que crees que todos estos acontecimientos pueden ser fruto de la mera casualidad.

–¡Buf...! No sé qué decirte. Resulta difícil, ¿no? Sobre todo, porque... varios de ellos parecen estar relacionados entre sí, de algún modo.

–¡Exacto! Eso es lo que me tiene mosca. Por ejemplo: don Vicente, el primer cliente de mi madre, desaparece y resulta que ha sido poco menos que secuestrado por los hombres al mando de mi padre. ¿Qué? ¿Una mera coincidencia?

Cuca frunció los labios.

–Vaya. Dicho así resulta sospechoso, desde luego.

–Y en estas circunstancias... ¿tú qué crees que debería hacer?

Cuca se tomó tiempo para responder.

–Hombre... teniendo en cuenta que estamos de vacaciones y no hay nada que estudiar, quizá podrías dedicar algún tiempo a... investigar.

–¡Eso! ¡Justamente eso mismo había pensado yo! Lo que ocurre es que... no sé por dónde empezar. ¿A ti se te ocurre algo?

–Mira que está rica esta horchata, ¿eh? –fue su primera respuesta. Yo aguardé pacientemente. Con la chica que te gusta, hay que ser amable y paciente. Por fin,

Cuca continuó–. Recuerdo que me comentaste que don Amancio dio con tu madre porque le habló de ella un tal Marmolejo.

–Cierto. Es el dueño de la academia donde se sacó el título de detective.

–Pues... ahí tenemos un hilo del que tirar, ¿no te parece?

Academia Marmolejo

–¿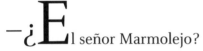l señor Marmolejo?

–¿Qué queréis?

–Pero... ¿Es usted Marmolejo, en persona?

–¡Que sí, hombre! Soy Bienvenido Marmolejo. ¿Qué pasa? ¿Habéis suspendido y necesitáis unas clases de repaso este verano? Entonces, habéis venido al lugar idóneo. Aquí tenéis las tarifas.

Marmolejo era gordo y calvo, bastante más joven que don Vicente y don Amancio, lucía bigotito fino y vestía traje de Tergal color marrón tabaco. Sudaba mucho y se secaba la calva con un pañuelo azul celeste con sus iniciales bordadas.

–No, no queremos tomar clases. Me llamo Félix Manley y soy el hijo de Elvira Ballesteros, que hace unas semanas hizo aquí el cursillo exprés de detective privado.

Brillaron entonces los ojillos del dueño de la academia.

Don Bienvenido se puso en pie de un salto, en un movimiento rápido, impensable en alguien de sus dimensiones. Y entonces, exclamó algo que me dejó de una pieza.

–¡Oh...! ¡De modo que eres tú! ¡Por fin has aparecido, muchacho!

Mientras Cuca y yo abríamos la boca de par en par, él se acercó a la puerta de la sala e hizo bocina con las manos hacia el pasillo.

–¡Amancio, ven, corre! ¡El chico ha venido! ¡Vicente tenía razón!

Entonces, apareció don Amancio y, sin más ni más, me propinó un abrazo que me hizo crujir las costillas.

–¡Sí, es él! ¡El hijo de la detective! ¡Qué alegría, chaval, qué alegría! ¿Y esta chica tan maja? –me preguntó después.

–Es mi... mi amiga Cuca...

–Es un honor, jovencita. ¡Un honor!

–Hola, qué tal... –saludó ella, exhibiendo la misma cara de pasmo que yo, ante el extraño comportamiento de los dos hombres.

Esperé a que remitiesen las muestras de alborozo y me dirigí a ambos.

–Nos van a explicar de qué va todo esto, ¿verdad? –pregunté–. ¿Qué es eso de que me estaban esperando?

Rebrinca y Marmolejo se miraron.

–No es fácil, ¿eh? No es fácil –aseguró don Amancio–. Pero lo podemos intentar.

–Si empezamos por el principio, quizá...

–Buena idea. Vamos al principio, sí. Sentaos.

Retrocediendo: el principio (dos semanas antes)

Llama un albacea

El timbre sonó brevemente y don Vicente, que leía en esos momentos el periódico del día, dejó el diario a su lado de mala gana y acudió a abrir.

Al otro lado de la puerta apareció un sujeto delgado, serio, con gafitas redondas y un portafolios de cuero negro bajo el brazo.

–Buenos días. La puerta de la verja estaba abierta. ¿El señor Barrantes, don Vicente?

–Sí, soy yo.

–Mucho gusto. Me llamo Mauricio Moliner. Soy notario de la ciudad de Valencia y albacea testamentario de don Eladio O'Hara, quien, como supongo ya sabrá, falleció el mes pasado de un súbito derrame cerebral.

Don Vicente permaneció impasible.

–¿Qué desea?

–Le traigo una carta de don Eladio. Una carta personal

que él dejó entre sus pertenencias, con órdenes concretas de que le fuera entregada a usted tras su muerte. Solo necesito confirmar su identidad. Si no le importa...

Don Vicente parpadeó. Luego, se giró hacia un mueblecito secreter que presidía el vestíbulo. De uno de sus cajones, sacó su cartera de mano y, de ella, el DNI, todavía del modelo antiguo, de cartulina plastificada. Se lo entregó al notario.

—Muchas gracias —dijo el fedatario público, tras revisarlo por ambos lados.

Con una media sonrisa le devolvió su carné, acompañándolo de un sobre de formato americano, en papel manila azulado, que sacó de su portafolios de cuero.

—Aquí tiene.

—¿Esto es todo?

—Sí, señor. Bueno, esto... y los perros, claro está.

—¿Perros? ¿Qué perros?

—El señor O'Hara dejó indicado en su testamento que le fueran entregados a usted sus perros. Que usted ya sabría el porqué y qué hacer con ellos. Y, por cierto, me alegra ver que dispone de suficiente espacio para mantenerlos en buenas condiciones. ¿Ya tiene usted otros animales, quizá?

Don Vicente se rascó la oreja durante unos segundos.

—¿Qué? Oh, sí, sí... también tengo perros. Varios. Siete, en total.

—Pues con los seis que le traigo, serán trece. Bonito número, ¿no cree? Voy a dar orden de que los bajen de la furgoneta. ¿Dónde se los dejamos?

—Pues... en... ahí detrás, en el cobertizo, junto a los míos.

—Ah, sí, ya lo he visto al entrar. Será cosa de cinco minutos. Ha sido un placer conocerle, señor Barrantes. Que tenga un buen día.

Salió el notario, se acercó a un hombre grande y rudo que había quedado a la espera ante la puerta de la verja y le dio un par de indicaciones. Apenas un minuto después, el tipo hizo su aparición de nuevo llevando sujetos por las correas seis perros de razas diferentes con los que se dirigió a la cochera. Al abrir la puerta, se produjo una cierta algarabía de ladridos, que cesó pronto.

Finalmente, los dos hombres cruzaron de nuevo el jardín, pasando bajo el gran castaño, hasta salir a la calle. Justo antes de cerrar la puerta de la verja a su espalda, el notario alzó la mano hacia don Vicente, en un gesto de despedida al que este correspondió con un movimiento de cabeza.

Solo entonces el dueño de la casa volvió al interior, se dirigió a la sala principal y se sentó en su sillón favorito, de espaldas al ventanal. Abrió sin muchos miramientos el sobre que el notario acababa de entregarle, desgarrando la solapa con los dedos. Dentro, halló una sola hoja de papel, escrita a mano, con caligrafía clara y legible aunque poco ortodoxa.

El señor Barrantes se caló sus gafas de cerca, carraspeó y comenzó a leer en voz alta.

—Vicente, estimado compañero: tal y como acordamos en su momento, si estás leyendo estas líneas, significa que yo ya estoy muerto; y puesto que nuestro común amigo

Alfredo cayó víctima de aquel maldito cáncer hace ya unos años, el resultado es que te has quedado solo para cuidar de nuestros trece perros y llevar adelante nuestro plan. Como supondrás, me habría encantado estar ahí contigo hasta el final pero, por alguna razón que ahora no puedo conocer, la muerte me ha alcanzado antes de conseguirlo. Espero que tengas suerte, más suerte que yo; es mi más ferviente deseo que todo salga según lo previsto y que consigas nuestros propósitos. Hazlo por nosotros. Por los tres. Por la dignidad de la ciencia. Alfredo y yo te estaremos apoyando desde el Más Allá. Suerte y... ¡a por ellos! Un abrazo fuerte. Firmado: Eladio O'Hara Pérez.

Don Vicente volvió a leer completa la carta una segunda vez, ahora en silencio. Solo habló al final, para repetir por dos veces el nombre del firmante.

–Eladio O'Hara Pérez. Eladio O'Hara Pérez –dijo. Y, tras inspirar hondo, murmuró:– ¿Quién será este tipo?

Se levantó del sillón y paseó por la estancia como un alma en pena, frotándose las sienes con las yemas de los dedos, hasta concluir con un gemido. Por mucho que se esforzaba, no lograba recordar nada que pudiera dar sentido al contenido de aquella misiva.

–Esta maldita memoria mía...

Decidió entonces iniciar una búsqueda.

Se dirigió primero a su archivo personal, lo abrió y comenzó a consultar papeles y documentos en busca de alguno donde apareciera aquel nombre, que repetía de cuando en cuando como un mantra, para no olvidarlo.

–Eladio O'Hara. Eladio O'Hara. Eladio O'Hara...

Dedicó a aquella tarea más de dos horas, sin resultado alguno. Pero la perseverancia suele tener premio y, justo cuando estaba a punto de rendirse, dio con una carpetilla de cartulina marrón, sin título y sin solapas, que contenía algunos documentos y varias fotografías. Lo ojeó todo con rapidez, sin muchas esperanzas. De pronto, una de las fotos le llamó la atención, Podía verse en ella a un grupo de seis jóvenes científicos, ataviados con bata blanca, posando sonrientes en un laboratorio amplio y muy bien equipado. En la cara posterior de la foto, escritos a mano, figuraban sus nombres.

Al leerlos, a don Vicente se le aceleró el pulso.

–¡Aquí está, por fin! –exclamó–. ¡Aquí está! Eladio O'Hara es el segundo por la izquierda. Y el que está a su lado... soy yo. Yo mismo. ¡Qué joven! Estoy casi irreconocible. Vaya, vaya... Y también hay un Alfredo. Alfredo Porcuna, que bien podría ser ese tercer hombre que se menciona en la carta. ¡De modo que estuvimos juntos los tres en Pasadena!

Se le hizo un nudo en la garganta al comprobar que tampoco recordaba haber trabajado nunca en aquel centro tecnológico de California, tan famoso. Pero la foto no mentía. Simplemente, él lo había olvidado.

Decidió entonces revisar con detenimiento el resto de los documentos contenidos en aquella carpetilla sin clasificar. Quizá entre ellos pudiera encontrar algo que le ayudase a dar sentido al mensaje del hombre muerto.

Durante algo más de media hora, revisó exhaustivamente papeles, notas, informes, otras fotos... y, en efecto, sí logró reunir cierta información relacionada con la extraña carta post mórtem de Eladio O'Hara.

Según pudo deducir don Vicente de los documentos encontrados, años después de coincidir en el Jet Propulsion Laboratory, había formado con Eladio O'Hara y Alfredo Porcuna un equipo científico que llevó adelante varios proyectos astronáuticos para diferentes empresas e instituciones españolas. Encontró abundante información sobre esos años de trabajo en común pero, por desgracia, no halló nada sobre lo que más le interesaba. Ni una sola pista sobre ese misterioso plan del que hablaba O'Hara en su carta y que ahora, muertos sus dos colegas, quedaba por lo visto totalmente en sus manos.

–¡Por Dios! –gimió don Vicente, preso de intensa desazón–. ¿Cuál será mi tarea? ¿Qué se supone que debo hacer ahora? Sin duda, ha de tratarse de algo importante, pues O'Hara me anima a seguir adelante con ello incluso tras su propia muerte.

De todos modos, lo primero que hizo fue buscar por los cajones un marco en el que colocar aquella antigua foto tomada en el JPL, para así tenerla a la vista. Enseguida comprobó cuánto le gustaba contemplarla y así verse allí, tan joven y tan distinto de como era ahora, rodeado por aquellos otros jóvenes a los que no recordaba pero que, sin duda, fueron sus compañeros.

Mirar aquella foto le hacía sentirse bien.

Durante los dos siguientes días, don Vicente apenas durmió. No lograba conciliar el sueño y, en esas largas vigilias, puso su casa patas arriba buscando alguna información adicional sobre el misterioso plan del que hablaba la misiva testamentaria de O'Hara. Pero no halló nada nuevo; y tampoco su maltrecha memoria le proporcionó recuerdos añadidos.

Así que don Vicente llegó a una conclusión cristalina:

–Necesito ayuda.

Dominó

Desde hacía tres años, don Vicente participaba en una partida de dominó que se celebraba en el Bar Lepanto, situado en los bajos de la Academia Marmolejo. Aunque ahora no lo recordaba, lo había conducido hasta allí Amancio Rebrinca, un buen amigo de la infancia, de los pocos que le quedaban, compañero de los primeros años en el colegio de los jesuitas. Normalmente jugaban a tres, con don Bienvenido Marmolejo, el dueño de la academia. Pero cuando, ocasionalmente, se les unía Atanasio Cifuentes, el propietario de Athanasius, y las partidas se disputaban por parejas, don Vicente y don Amancio siempre formaban equipo.

Esa tarde, Vicente decidió que pediría ayuda a sus amigos del dominó. Tras la primera partida –que ganó él, por cierto–, les solicitó su atención y su paciencia y pasó luego a relatarles, con todo lujo de detalles, los acontecimientos acaecidos desde la aparición en su casa del notario Moliner, incluidos el descubrimiento de la foto en la que salía con O'Hara, Porcuna y los demás científicos y, por supuesto, la mención que el primero hacía en su carta hológrafa a ese extraño y desconocido plan que él no recordaba en absoluto. Para todo ello, hubo de valerse, a modo de chuletas, de breves notas que había ido tomando en una libreta de tapas de hule.

Y, tras las explicaciones, les rogó su ayuda.

–Con nosotros puedes contar siempre, ya lo sabes –declaró Amancio, tras escucharle–, pero ¿de qué manera podríamos ayudarte, Vicente? Según parece, tú ya has registrado tu casa de arriba abajo, sin encontrar nada interesante. Dudo mucho que nosotros podamos hacer más.

–Lo que os pido por ahora es, simplemente, que me ayudéis a pensar –dijo don Vicente–. Si, como O'Hara dice en su carta, teníamos un plan preparado, yo creo que lo tendré apuntado en alguna parte y escondido o camuflado mediante alguna argucia. Pero soy totalmente incapaz de recordarlo. Este maldito Alzheimer...

–No exageres, Vicente, hombre –le cortó Amancio–. Mi cuñado sí que padece de mal de Alzheimer y el pobre no se acuerda ni de dónde vive. Lo tuyo es otra cosa. Vas cumpliendo años y te falla la memoria. Quizá algo más de lo normal, pero eso es todo.

–Yo creo que me falla mucho más de lo normal.

–No será para tanto.

–¡Que sí, Antonio!

–Amancio.

–¿Lo ves? ¿Lo ves?

El señor Marmolejo intervino entonces, alzando las manos para reclamar la atención de sus amigos.

–A ver si lo he entendido: ese tal O'Hara y tú teníais un plan preparado desde hace tiempo.

–Eso parece.

–Un plan... ¿para qué?

–Ni idea.

–Y llevar a cabo el plan dependía de los dos pero, como el otro se ha muerto, ahora depende solo de ti.

–Correcto.

–Y aunque has registrado tu casa de arriba abajo no has encontrado nada que te indique en qué consiste ese plan.

–¡Ejem...! Eso es, sí.

–Ni tampoco sabes cuándo debes ponerlo en práctica –completó don Amancio.

–No. Ni siquiera eso.

–Mal asunto, ¿eh? –concluyó Marmolejo, acariciándose la papada–. Mal asunto.

Don Vicente hacía girar distraídamente entre sus dedos la ficha del seis doble.

–Y, por otro lado, está el tema de los perros –dijo, de pronto–. ¿Por qué O'Hara me habrá dejado en herencia sus seis perros?

–Quizá pensaba, simplemente, que tú los cuidarías bien. ¿O crees que los perros tienen algo que ver con el plan?

Vicente abrió los brazos de par en par.

–¡Y yo qué sé! –exclamó–. Me inclino a pensar que están relacionados, porque O'Hara los menciona expresamente en su carta. Además, si me conocía, tenía que saber que a mí no me gustan los perros.

–¡Anda! ¿No te gustan los perros? ¿Y por qué tienes tantos, entonces?

–¡No tengo ni idea! –gruñó Don Vicente–. ¡Ni siquiera recuerdo cómo me hice con ellos! ¿Los compré? ¿Me los regalaron? ¿Los encontré por la calle? Y ahora... ¡toma! ¡A cuidar de seis perros más! ¡Trece en total, nada menos! Estoy hecho un verdadero lío.

A don Vicente incluso se le escapó un puchero, tras su última frase. Sus amigos ya no le interrumpieron más y los tres hombres se sumieron en un triste silencio durante un buen rato.

Hasta que, por fin, Bienvenido Marmolejo alzó el índice derecho:

–¡Eh! Escuchad: hace unas pocas semanas pasó por mi academia una mujer. Vino a sacarse el cursillo de detective privado, en la modalidad exprés. La recuerdo bien porque me impresionó vivamente.

–¿Porque era guapa?

–Porque era guapa e inteligente. Estaba pensando que... quizá podríamos pedirle que nos ayude. O directamente, contratar sus servicios como detective.

–¿Contratar a una completa desconocida? –murmuró don Vicente–. No sé, Bienve; no creo que sea buena idea contarle todo este asunto a alguien de quien nada sabemos.

–¿Por qué no? Un detective privado es como... como un cura. Tiene que mantener el secreto de confesión, o como quiera que se llame.

–Aun así, no me fío.

–Pues entonces... cuéntale otra cosa –propuso don Amancio–. Ponle un cebo. Pídele que investigue cualquier otro tema y vamos a ver qué es lo que descubre. A lo mejor, sin pretenderlo, encuentra algo que nos proporcione una pista sobre ese misterioso plan.

A don Vicente le brilló la mirada.

–¿Creéis que podría funcionar?

–Estoy seguro de que sí –corroboró Marmolejo–. Si lo preparamos todo bien, claro está. Como dice Amancio, lo primero que necesitamos es un buen cebo: una historia falsa que nos permita contratar a la detective para pedirle que la investigue. ¿A vosotros se os ocurre alguna?

–Hombre, Bienvenido –dijo Amancio–, yo creo que ese detalle está cantado.

* * *

–Y así fue cómo, a la mañana siguiente, Vicente se presentó en vuestra casa haciéndose pasar por un simple jubilado que había extraviado a su perro. Recuerdo que, nada más regresar de su entrevista contigo, me llamó por teléfono, sinceramente entusiasmado –evocó don Amancio, con una sonrisa.

* * *

–Amancio...

–¡Hombre, Vicente! ¿Ya has hablado con la detective Ballesteros? ¿Cómo es? Bienvenido dijo que se trataba de una mujer excepcional.

A don Amancio le llegó a través del auricular la risita nerviosa de su amigo.

–¿La mujer? ¡Qué dices! A la mujer ni la he visto. Al parecer, se estaba duchando. ¡Pero tiene un hijo de unos quince años que me ha causado una gratísima impresión! Estoy convencido de que hemos dado en el clavo poniendo el asunto en sus manos.

–¿Y ha ido todo bien? ¿Se han tragado el cebo del perro?

–Claro que sí. Me ha costado convencerlo, pero finalmente ha aceptado el caso. Ahora, hay que estar atentos, a ver si aparecen por el barrio buscando a Marajá. Y, después, tu turno. ¿Recuerdas bien lo que tienes que hacer y decir?

–¡Pues claro, hombre! –exclamó el anciano–. He ensayado mi papel como si lo tuviese que representar en el Teatro Real. Me lo sé de carrerilla.

–Bien. ¡Ah! Tendrás que llevar dinero. Seiscientos euros en billetes de doscientos.

–¡Caramba! Se cotiza alto la detective novata.

–Yo creo que eso ha sido también cosa del chico. En fin, luego habrá que estar atentos a su comportamiento. Si estamos ante un par de simples caraduras, te llamarán para decirte que han encontrado al perro y que dan el caso por resuelto; pero... si como yo sospecho, ese chico tiene alma de detective... no quedará conforme y empezará a investigar.

–Pero... no será él quien lo haga. Imagino que será su madre la que lleve el caso. Ella es la detective.

–¡Qué va! ¡No, no! –negó don Vicente, con vehemen-cia–. ¡El chico! ¡Él es quien vendrá, ya lo verás! ¡Él es el verdadero detective en esa casa! Si hay alguien capaz de desentrañar este enigma, es ese muchacho que escribe con estilográfica. ¡Estoy seguro!

Don Amancio arrugó la frente, en un gesto de escepticismo.

—Si tú lo dices...

* * *

—Finalmente, ha resultado que nuestro amigo Vicente tenía toda la razón —concluyó don Amancio, pellizcándome los mofletes—. ¡Aquí estás, muchacho! ¡Tal y como él predijo! Lo cual es una magnífica señal, pues significa que todo funciona según lo esperado. Ahora sí empiezo a tener esperanzas de que este condenado embrollo se resuelva con bien.

Bienvenido Marmolejo carraspeó entonces. Utilizó un tono dramático para su siguiente frase.

—Sin embargo... antes de hacer un solo movimiento más, creo que deberíais saber que ha ocurrido algo inesperado que aún no os hemos contado.

—¿Algo grave? —pregunté.

—¡Y tanto! Resulta que nuestro amigo Vicente... ha sido secuestrado.

Los dos hombres se me quedaron mirando; supongo que esperaban una reacción de pánico por mi parte. Pero no les di el gusto.

—¿Eso fue anteayer, alrededor de la una y media de la tarde? ¿Dos hombres con traje oscuro, que lo metieron a la fuerza en un coche negro cuando volvía de comprar el pan?

Rebrinca y Marmolejo permanecieron diez segundos con la boca abierta.

–¡Justo! –exclamó, al fin, el primero–. ¿Cómo lo sabes?

–A mi madre y a mí nos lo contó el dependiente de la tienda esotérica. Un tipo que lleva un peluquín espantoso.

–Atanasio –confirmó don Amancio–. También fue él quien nos lo contó a nosotros.

–¿Ah, cómo? ¿Ustedes no lo vieron?

–No, no –negó Amancio–. Nosotros estábamos pendientes de vosotros. Desde la heladería Tutti Frutti os vimos bajar de un autobús de la línea 16. A vosotros dos y otros cuatro amigos. Yo os seguí en la distancia con Marajá. Y en el parquecillo dedicado a don Manuel Lorenzo Pardo, solté al perro para que lo encontraseis. Fue ya por la tarde cuando nos enteramos, por el amigo Atanasio, del secuestro de Vicente.

–Por supuesto, Amancio y yo nos asustamos muchísimo al saber aquello –recordó el señor Marmolejo–. Tanto, que decidimos suspender momentáneamente todos nuestros movimientos.

–Yo tenía previsto acudir a tu casa ayer para contratar los servicios de tu madre; pero lo cierto es no me atreví siquiera a salir a la calle en todo el día.

–Yo tampoco. Ni siquiera para jugar nuestra partida de dominó.

–¡Pensábamos que también vendrían a secuestrarnos a nosotros en cualquier momento!

–Yo, incluso tenía hecha la maleta, por si tenía que huir al extranjero.

—Sin embargo, no ocurrió nada de lo que temíamos. Así que, por la noche, ya más calmados, decidimos retomar la estrategia de Vicente y esta mañana me he presentado en tu casa para contratar los servicios de tu madre.

—No entiendo muy bien para qué han hecho eso —confesé.

—Era una manera de haceros sospechar que ocurría algo raro, algo que merecía la pena investigar.

—Pues, desde luego, ha funcionado —dijo Cuca—. Veo que se trata de un hombre muy listo, ese don Vicente. Algo desmemoriado, pero muy listo.

—Sí, siempre lo ha sido —corroboró Marmolejo—. El más listo de entre nosotros.

Los dos hombres sonreían. Sonreían y mostraban una expresión de alivio que yo no compartía en absoluto. Tras unos instantes de silencio y miradas embarazosas, abrí los brazos.

—¡Pues muy bien! Está claro que la artimaña de don Vicente ha funcionado a las mil maravillas y ya estamos todos aquí reunidos, la mar de contentos. ¿Y ahora qué?

Un silencio realmente descorazonador siguió a mi pregunta. Finalmente, habló don Amancio.

—Bueno... Vicente confiaba en que tú, al investigar quién era el verdadero dueño de Marajá, darías con alguna pista que nos permitiera descubrir algo relacionado con ese misterioso plan que O'Hara menciona en su carta.

—Pues... lamento defraudar a don Vicente pero... no sabría ni por dónde empezar. Lo siento de veras. Eso sí: les aseguro que no deben preocuparse por su amigo. No ha sido secuestrado por delincuentes de ninguna clase, sino que está colaborando con el Gobierno en un asunto importante y secreto.

–¿Y tú cómo sabes eso?

Estuve a punto de confesar que me lo había dicho mi padre, pero decidí mostrarme misterioso.

–Tengo... ¡ejem!... mis fuentes de información.

–¿Y lo mantienen incomunicado? –quiso saber Marmolejo.

–¿A don Vicente? No. Creo que no.

–Entonces, ¿por qué no nos ha llamado por teléfono para tranquilizarnos?

–Se le habrá olvidado.

–¡Ah, claro! Seguro. ¡Qué calamidad de hombre...!

Cuca pasa al ataque

Aquel caso que había empezado como una película de Jim Carrey, con la búsqueda del perro Marajá, se había transformado de repente en un verdadero misterio, un asunto realmente complicado y espinoso. Y lo peor, yo no veía la manera de hincarle el diente por ninguna parte. Tenía la mente en blanco. Era como si mi cerebro se hallase en modo *standby*.

Pero, como es bien sabido, la grandeza de un detective no solo se mide por su agudeza mental, sino también por su habilidad para elegir a sus colaboradores. Y, en eso, yo contaba con una baza imbatible.

–Señores: hay que reconocer que el asunto al que nos enfrentamos es peliagudo, pero lo último que debemos hacer es caer en el desánimo. Simplemente, hemos de encontrar un camino por el que empezar a andar. Una vez nos pongamos en marcha, cada descubrimiento nos llevará a otros nuevos que irán ampliando nuestro campo de investigación. Así es como trabajan siempre los detectives de las novelas, y así es como tenemos que trabajar también nosotros.

Don Amancio, don Bienvenido y yo nos volvimos hacia Cuca con nuestras seis cejas en alto, rendidos de sorpresa.

–Buen discurso, chata –dijo el señor Marmolejo, con cierto retintín–. Solo nos faltaría encontrar ese camino inicial que tú dices. ¿Tienes alguna idea sobre ello? Porque si no, seguimos sin tener otra cosa que palabras. Meras y huecas palabras.

Cuca dirigió hacia el dueño de la academia una de sus miradas de hielo.

–Por supuesto que tengo algo. Yo no hablo por hablar, don Bienvenido.

El gordo cruzó los brazos sobre el pecho.

–Estoy deseando oírte.

Cuca tomó aire antes de continuar.

–Por mera casualidad, Félix y yo nos topamos ayer por la tarde con una circunstancia ciertamente extraña. Yo diría que la más extraña de cuantas han surgido en torno a todo este asunto. Ambos pensamos que merece la pena investigarlo.

–¿De qué se trata? –pregunté ingenuamente, ganándome un codazo en las costillas.

–Me refiero a la secuencia de números grabados en el interior del collar de Marajá, por supuesto.

–¿Unos números marcados y ocultos en el collar de ese perro? –exclamó don Amancio–. ¡Ten por seguro que no se trata de una mera casualidad ni están elegidos al azar! Y, desde luego, es algo muy intrigante.

Cuca se volvió hacia don Bienvenido.

–Para su academia tendrá usted contratado a algún buen profesor de matemáticas, imagino.

–Pues... naturalmente –reconoció el hombre gordo–. Uno muy bueno, además: el señor Miravete.

Cuca entonces tomó un bloc y un bolígrafo que había junto al teléfono y escribió sin titubear las veinte cifras que habíamos encontrado en el collar del perro de don Vicente. Luego, arrancó la hoja y se la tendió a Marmolejo.

–Tenga. Muéstresela a ese profesor. A ver si le sugieren algo. A lo mejor forman parte de una progresión aritmética, o les encuentra algún sentido matemático. Cualquier cosa que descubra nos podría proporcionar una pista. Dígale que le llevaremos los números luego a su casa, para que se entretenga con ellos después de cenar.

Don Bienvenido apretó los dientes. Yo creo que no le gustó el tono imperioso de mi amiga. Pero no rechistó. De inmediato, Cuca se volvió hacia mí y me señaló con el dedo. Me pilló tan desprevenido que casi me caigo de la silla.

–¿Cuál crees que debe ser nuestro siguiente paso? –me preguntó.

Estuve a punto de encogerme de hombros pero, de repente, mi cerebro salió del estado de reposo. Como si alguien hubiese oprimido la tecla PLAY, lo vi perfectamente claro.

–¡Los otros perros, desde luego! Si en el collar de Marajá alguien había grabado esas veinte cifras, quizá en los collares de los demás perros encontremos nuevas pistas.

Cuca me sonrió, asintiendo. De inmediato se volvió hacia los dos hombres.

–Supongo que ustedes tienen llaves de la casa de don Vicente, ¿no?

–Así es. ¿Cómo lo sabes?

–Elemental, don Amancio: cuando nosotros entramos en Villa Agripina, hacía ya treinta y seis horas que los hombres de negro se habían llevado a don Vicente. Sin embargo, los perros no parecían hambrientos. Por tanto, alguien había acudido a darles de comer. Y ustedes son mis mejores candidatos.

Don Amancio y don Bienvenido volvieron a cruzar una mirada cargada de admiración.

–Una perfecta deducción.

–Vamos, entonces. Estoy deseando saber lo que esconden los collares de todos esos perros. Si estamos ante una especie de clave matemática o algo similar, quizá en el collar de Marajá se escondía solo una pequeña parte del total.

–¡En marcha! –exclamaron al unísono don Amancio y el señor Marmolejo.

Cinco colores

Llegamos a Villa Agripina cuando el sol se ponía. Los castaños y las melias del jardín susurraban quedamente, mecidos por el viento de la tarde.

Tras cruzar la verja, nos dirigimos directamente a la cochera de los perros. Don Amancio abrió la puerta y conectó la iluminación, que proporcionaron un par de fríos tubos fluorescentes. Algunos de los perros ladraron sin mucho entusiasmo y callaron pronto.

Las correas de todos ellos se hallaban enganchadas en un riel que recorría dos de las paredes de la estancia, de modo que los animales tenían un cierto grado de movilidad pero en ningún caso podían correr a sus anchas por el interior de la cochera. Mucho menos, escapar de allí.

Bajo el umbral, los estudiamos con detenimiento.

–Efectivamente, son doce perros –dije, al cabo de unos instantes–. Y yo diría que pertenecen a razas diferentes.

–Así es –confirmó don Bienvenido–. Doce perros, de doce razas distintas. Trece, si contamos a Marajá.

–¿Saben ustedes cuáles le legó O'Hara y cuáles pertenecían ya a don Vicente? –preguntó Cuca.

Los dos hombres negaron.

–Ni idea –dijo don Amancio–. Vicente apenas hablaba de sus perros. Nunca los sacaba a la calle a pasear. Los soltaba por el jardín y los alimentaba, claro está. Pero no parecía tenerles demasiado cariño.

Cuca se había aproximado a los canes y los contemplaba con detenimiento a la distancia de seguridad que proporcionaba la longitud de sus correas. Yo me reuní con ella enseguida.

–¿Te has fijado? –me preguntó en voz baja–. Todos los collares son iguales, del mismo modelo, pero de cinco colores diferentes.

–Sí, ya veo: hay dos amarillos, uno verde, dos negros, tres rojos y cuatro azules. Además del de Marajá, que también es amarillo. ¿Crees que eso significa algo?

–Es posible. De momento, vamos a comprobar si también llevan números marcados en el interior.

Para ello, elegimos en primer lugar a los dos perros más pequeños, empezando por uno chiquitín, de pelo blanco y aspecto un tanto ridículo para mi gusto.

–Es un caniche –dijo don Amancio–. Mi hermana tenía uno igual.

Con ayuda de los dos hombres lo separamos de sus compañeros, lo despojamos del collar –de color azul, en este caso– y, de inmediato, examinamos la parte interior.

–¡Ahí están! –exclamó don Bienvenido, sin poder contenerse.

En efecto, como en el caso de Marajá, hallamos veinte números grabados en el collar, ordenados de menor a mayor.

–Son diferentes de los de Marajá –aseguró Cuca–. Pero... más o menos de su mismo rango. Van del nueve al doscientos cincuenta.

–Eso significa más trabajo para el profesor Miravete. ¿Comprobamos otro collar?

Nuestra segunda elección fue un chihuahua con el collar de color rojo. Era aún más pequeño que el caniche pero se resistió mucho más que este a ser despojado de su única prenda.

–¡Vaya genio! –grité, tras librarme por los pelos de recibir una dentellada en la mano.

Cuando logramos nuestro objetivo, comprobamos que la circunstancia se repetía de modo escrupuloso: en la zona interior del collar, grabados a fuego, encontramos veinte números. Esta vez, la serie empezaba en el 7 y terminaba en el 258.

–Y, de nuevo, son números diferentes de todos los anteriores –concluyó Cuca, acuclillada, con el collar entre las manos.

Cuando se incorporó, retrocedió dos pasos, como para contemplar a los doce perros con algo más de perspectiva. Tenía el gesto del pensador, con el ceño fruncido. Casi se podía oír funcionando su cerebro, por encima de los ladridos.

–Visto lo visto –le dije, en un susurro–, lo más probable es que todos los collares contengan una serie de veinte números.

–Supongo que sí –respondió ella–, y lo vamos a comprobar enseguida, desde luego; pero hay que hacerlo con rigor científico. Vamos a tomar nota de las cifras que aparezcan en cada collar, en su orden, pero también del perro al que pertenece y del color del collar.

Nadie discutió las órdenes de Cuca y, de inmediato, nos pusimos a la tarea. Tratamos de ganar tiempo actuando por parejas, pero en la mayoría de los casos tuvimos que colaborar los cuatro a un tiempo.

Algunas de las razas de los perros nos eran desconocidas, de modo que optamos por fotografiarlos a todos con el móvil para poder identificarlos correctamente más tarde.

La operación completa nos llevó más de una hora pero, por fin, tuvimos en nuestro poder las trece listas de números ocultas hasta entonces en los collares de los perros de don Vicente.

Don Bienvenido les echó un somero vistazo y sacudió la cabeza con desaliento.

–¡Vaya galimatías...! En fin, tal y como hemos quedado, voy a pasárselas al profesor Miravete, a ver si él les encuentra algún sentido.

Don Amancio consultó su reloj. Tenía mala cara.

–Se ha hecho tarde, chicos. Si no se os ocurre nada nuevo, me marcho a casa. Estoy cansado. Cansado y confuso.

–No desespere, don Amancio –le animó Cuca–. Quizá mañana lo veamos todo claro. A lo mejor esta noche alguno de nosotros hace un descubrimiento definitivo. Dicen que justo los instantes previos a conciliar el sueño son aquellos en que la mente es capaz de resolver sin esfuerzo problemas que el resto del día nos han parecido imposibles. El momento de las ideas geniales.

–Pero ¿de dónde saca esta chica estas cosas tan raras? –murmuró el jubilado.

Hal 9000

Desde que comenzó la crisis del Cuencasat, Manley se reunía al final de cada jornada con don Vicente Barrantes y con Laurisilva Moncada, jefa del equipo científico, exclusivamente femenino, formado para encontrar una solución al problema.

–Seguimos igual, teniente –reconoció Moncada–. Una y otra vez, por distintos métodos, intentamos hacernos con el control del satélite, pero siempre rechaza nuestras órdenes. Sin duda, cuando varió su trayectoria para situarse junto al Meteosat, también se activó algún tipo de cortafuegos que impide la comunicación. Si no damos con la contraseña, no hay nada que podamos hacer.

Manley arrugó el gesto y lanzó una maldición por lo bajo.

–¿Y usted qué, Barrantes? –preguntó después.

–¿Qué de qué?

–¿Ni la menor idea de por qué está ocurriendo todo esto? Le recuerdo que usted era el jefe del equipo que puso en órbita ese condenado satélite.

–Gracias por recordármelo, teniente, porque mi memoria lo ha borrado por completo. Me limito a aportar mis ideas como científico al equipo de la señorita Moncada, pero ignoro qué está pasando con ese aparato. A lo mejor, simplemente, está tratando de evitar su propia muerte.

Manley parpadeó.

–¿De qué habla usted, Barrantes?

–¿No ha visto *2001: una odisea del espacio*?

–Sí, hace unos años. Me pareció un tostón.

–Pues muchos la consideran la mejor película de ciencia ficción de la historia. En ella, el ordenador HAL 9000 asesina a los tripulantes de la nave Discovery cuando descubre que tienen planeado desconectarlo. En legítima defensa, vamos. La destrucción del Cuencasat está prevista para pasado mañana. A lo mejor, simplemente está tratando de evitar su muerte.

Manley miró a don Vicente de arriba abajo. Lentamente.

–¿Lo dice en serio? ¿Insinúa que el Cuencasat puede ser la primera máquina inteligente de la historia y está tomando sus propias decisiones?

–Ya sé que suena raro, pero no hay que descartar ninguna posibilidad.

A espaldas de don Vicente, la profesora Moncada se barrenaba la sien derecha con el dedo, para indicarle a Manley su opinión sobre el desequilibrio mental del viejo científico.

El oficial resopló como un cachalote, hinchando los carrillos.

–Por favor –dijo, tratando de aparentar tranquilidad–, sigan trabajando en busca de una solución a esta crisis o nos vamos a quedar todos sin empleo. Recuerden que, en estos momentos, nos quedan exactamente treinta y seis horas.

Cuando los dos hombres iban a salir del despacho, el agente secreto llamó la atención de don Vicente.

–Espere, Barrantes.

El anciano se volvió, con una sonrisa de absoluta beatitud en el rostro. Manley le clavó su mirada en los ojos.

–Oiga, Vicente... no me estará usted engañando, ¿verdad? ¿Seguro que su memoria funciona tan mal como nos dice?

–Por desgracia, así es, mi teniente. Le aseguro que estoy intentando ayudar a su equipo a resolver esto con todos mis conocimientos.

–Céntrese en lo que sea razonable y olvídese de teorías absurdas como la de HAL 9000, ¿quiere?

–Lo que usted mande, mi teniente –respondió el científico, en un tono que sonó ligeramente burlón.

Unos minutos después, cuando Manley estaba a punto de abandonar el cuartel general del GABANA, Toni Ramírez se le acercó a la carrera procedente del ala oeste.

–¡Mi teniente! ¡Espere, mi teniente!

El oficial se detuvo y gruñó por lo bajo. Había quedado con mi madre y supongo que no quería llegar tarde a la cita por nada del mundo. La última vez había llegado con quince años de retraso.

–¿Qué pasa, Ramírez?

–Tenga. Los últimos documentos del Informe Cuencasat.

–¿Cómo? ¿Pero acaso el dossier que me pasaste el lunes no estaba completo?

–N... no. No, mi teniente. En aquel estaba toda la información técnica sobre el proyecto, la valoración del ministerio, la memoria de la fabricación del satélite, su lanzamiento, puesta en órbita y operatividad... en fin, todo. Todo, menos los informes del propietario del satélite que, como usted recordará, es la Diputación Foral de Cuenca.

–Ah, ya... Bien, me lo llevo a casa y lo leeré esta noche.

Mi padre fichó su salida pero, antes de alcanzar la calle, se topó de bruces con su superior, el general Cascorro, que seguía fumando impertérrito su puro electrónico japonés, en medio de una humareda de dimensiones ferroviarias.

–Hola, Manley. ¿A casa ya?

–Esta noche sí, mi general.

–Dígame: ¿cómo va el asunto aquel del meteorismo?

–¿Se refiere al Meteosat?

–Eso, sí, el satélite ese que hace que llueva.

–Pues... bueno, vamos haciendo progresos. Tengo buscando la solución a los mejores ingenieros espaciales del país. Además cuento con el único superviviente del equipo que diseñó el otro satélite, el que está fuera de control. Por desgracia, se trata de un jubilado que anda fatal de la memoria. Los tengo a todos trabajando a tiempo completo y durmiendo por turnos en el Hostal Paquita, justo aquí al lado.

–Pero usted, por lo que me dice, se marcha a su casa.

Manley bajó un momento la vista.

–No exactamente, mi general. Voy a invitar a cenar a la madre de mi hijo, con la que me reencontré hace dos días, después de quince años de separación. Creo que mi felicidad futura depende de lo que pase entre nosotros esta noche y, sinceramente, durante las próximas horas me importa un bledo lo que ocurra con el Meteosat, el Cuencasat y el ingeniero que los parió.

El general Cascorro frunció el ceño y, tras dos fuertes chupadas a su falso puro, asintió.

–La familia es lo más importante, Manley. Me ha emocionado. Que haya suerte con esa cena.

–Gracias, mi general.

Flores para Elvira

Llamaron a la puerta y yo salí a abrir. Era el teniente Manley y llevaba en las manos un hermoso ramo de flores silvestres.

–Hola, Félix. ¿Está tu madre?

–¿De parte de quién?

–¡Ay, qué gracioso! Hemos quedado para salir a cenar. ¿Está ya lista?

–Voy a ver.

–¿Puedo pasar?

–No. Quédate ahí en el rellano.

–Bueno...

–¡Que es broma, hombre! Límpiate los zapatos en el felpudo y pasa. ¿A dónde la vas a llevar?

–Al Pepitoria.

–¡Sopla! Creo que es carísimo.

–Barato no es, pero Elvira... o sea, tu madre se merece lo mejor.

–No digo que no, pero si pretendes impresionarla, yo

no me tomaría tantas molestias ni las pagaría tan caras. Aquí, entre nosotros, creo que la tienes en el bote.

–¿Cómo?

–Que está coladita por ti.

Mi padre sonrió.

–¿Tú crees?

En ese momento, apareció mi madre en la sala. Estaba espléndida. Parecía Grace Kelly.

–Ya estoy, Felipe. ¿Nos vamos?

–Estás deslumbrante, Elvira –le dijo mi padre, con sincero entusiasmo–. Toma, te he traído estas flores.

–¡Pero qué boniiitas...! Todo un detalle, Felipe. Toma, hijo, métalas en un jarrón con agua.

–Voy. ¿Puedo llevarme unas cuantas? Es que yo también tengo una cita.

–¿Con la chica de la colonia de Donna Karan?

–Exacto.

–A ver si vamos a coincidir cenando en el mismo restaurante –dijo mi padre, con media sonrisita en la boca.

–No, no. No te preocupes por eso. Nosotros vamos al chino del barrio y cada uno se paga lo suyo. Pero si, además, le llevo unas flores, voy a quedar como el marqués de Lozoya.

Cuando ya iban a salir, Manley me tendió una carpeta de solapas llena de documentos.

–Anda, Félix, déjame eso por aquí, donde no estorbe. Lo recogeré más tarde, cuando venga a traer a tu madre a casa, después de la cena, ¿vale?

–Vale.

Y la coloqué sobre el radiador.

Confidencial

Sobre mi cena con Cuca aquella noche no hay mucho que destacar, salvo que era la primera cena en pareja de toda mi vida y que Cuca comía con palillos como una verdadera oriental. Creo que en aquel restaurante chino me percaté por vez primera de que la chica que me gustaba lo hacía casi todo bien. Aún hoy en día no sé si eso es un problema o una ventaja.

Después de cenar, la acompañé a su casa dando un largo rodeo, cogidos de la mano mientras los semáforos nos guiñaban sus luminosos ojos de ámbar con complicidad.

La dejé en su portal al filo de la medianoche y regresé a mi casa dando saltos, más feliz que una perdiz, hasta que en uno de los saltos me torcí un tobillo y tuve que continuar cojeando y arrastrándome contra las paredes.

Por supuesto, cuando llegué a casa, mis padres aún no habían regresado. Lógico: si uno va a cenar a un sitio como el Pepitoria, no debe tener prisa. Puse la tele y aunque recorrí la parrilla al completo, solo encontré estupideces. Salvo en La 2, donde estaban repitiendo el documental sobre la migración de los ñúes o como se diga. Pensé en leer un libro, pero estaba demasiado excitado por mi propia aventura real como para zambullirme en una historia de ficción ajena. Fui al cuarto de baño y me lavé los dientes. Me quité la ropa y me puse el pijama. Me tumbé en la cama pero me resultaba imposible conciliar el sueño. Di vueltas y más vueltas pensando en Cuca. Repetí cada una de las palabras que me había dirigido aquella noche y que, por supuesto, yo recordaba de memoria. Me levanté para beber un vaso de agua. Ojeé el periódico del día. Hice pis.

De pronto, al salir del cuarto de baño, posé la mirada, sin pretenderlo, en la carpeta que mi padre había dejado al marcharse.

La cogí y solté las gomas elásticas que la cerraban. En su interior, hallé un documento de unas treinta hojas, encuadernado con canutillo. En la primera página, la que hacía las veces de portada, el título en letras negras de buen tamaño rezaba: «Informe sobre las circunstancias de la preparación y puesta en marcha del satélite artificial de comunicaciones CuencaSat.» Y sobre ese texto, cruzado en diagonal, en grandes caracteres impresos con tinta roja traslúcida, podía leerse: CONFIDENCIAL.

Nada hay más atractivo que una prohibición, de modo que, por supuesto, decidí echarle un detenido vistazo al documento.

Era el típico informe administrativo escrito con un estilo monótono, plúmbeo y farragoso, pero ya en el primer párrafo tres nombres destacaban entre el texto, resaltados en negrita. Esos nombres eran los de Vicente Barrantes, Eladio O'Hara y Alfredo Porcuna.

Al verlos allí mencionados, el corazón se me aceleró de inmediato. Si existe una regla de oro en cualquier investigación es que hay que desconfiar inmediatamente de las casualidades. Cierto que, según habían contado don Amancio y el señor Marmolejo, Barrantes, O'Hara y Porcuna colaboraron juntos en diversos proyectos científicos. Pero precisamente uno de ellos era la causa de que los hombres del servicio secreto mantuviesen prácticamente secuestrado a don Vicente desde hacía dos días.

Imposible no sospechar.

Mi interés por aquel informe se multiplicó por cien. Y, por descontado, decidí seguir leyendo.

A las cuatro de la mañana, entre risas ahogadas, mi madre abrió la puerta del piso y encendió la luz de la sala. Tras ella entró también Manley. Ambos aparecieron algo sofocados y notablemente despeinados. Aun a mi pesar, tuve que reconocer que parecían hechos el uno para el otro.

–¡Ay...! –exclamó ella al verme, dando un respingo–. Pero, Félix, hijo, ¿qué haces ahí, durmiendo en el sofá? ¡Vaya susto que me has dado!

A Felipe Manley le brillaba la mirada. Seguro que había bebido más champán de la cuenta.

—Bueno, cuéntanos... ¿Qué tal te ha ido la cena con esa chica? ¿Han funcionado las flores que le llevaste?

—Pues... reconozco que sí —dije con la voz pastosa—. Le han gustado mucho, sí.

Yo tenía el informe del Cuencasat sobre el pecho y, al incorporarme, cayó al suelo.

Mi padre se quedó serio al momento.

—¿Lo has estado leyendo? —me preguntó, tras recogerlo antes de que yo pudiese hacerlo, cambiando a un tono duro como el pedernal.

—Lo cierto es que sí —respondí, sin el menor aire de disculpa—. Lo he leído de arriba abajo.

—Pone que es confidencial.

—¿Dónde?

—Aquí, en la portada, con estas grandes letras rojas que nadie pasaría por alto.

—¡Vaaaya...! Pues tienes razón, ahora lo veo: «CONFIDENCIAL». Ni cuenta hasta ahora, oye. ¿Tú lo has leído?

Mi padre frunció los labios mientras introducía el documento en la carpeta de solapas.

—Todavía no. Me lo entregaron justo cuando ya salía hacia aquí. Pensaba hacerlo ahora, antes de acostarme. Aunque no espero encontrar nada interesante.

—A lo mejor puedo ahorrarte trabajo... si me aclaras un par de cosillas que me intrigan.

Mi padre me miró, alzando una ceja.

—A ver...

—Esa crisis de la que hablabas ayer, la que mantiene a don Vicente día y noche en vuestro cuartel general... ¿Tiene que ver con el satélite Cuencasat, del que trata ese informe?

Manley carraspeó de tal modo que casi no hizo falta que me respondiese. Lo hizo de un modo pretendidamente ambiguo.

—Supongamos que es así —dijo, misteriosamente.

—He leído en el informe que, desde el inicio del proyecto, la autodestrucción del satélite estaba prevista a los veinte años de su lanzamiento. Y ese plazo se cumple precisamente pasado mañana, a las ocho y media de la mañana, hora peninsular. O sea, dentro de algo menos de veintiocho horas.

Manley seguía serio como un juez del Supremo.

—Eres muy observador —concedió.

—¿Puedes contarme algo más sobre el caso? Me gustaría saber qué es lo que realmente sucede. ¿Estáis buscando el modo de que el Cuencasat no se destruya? ¿Necesitáis que siga funcionando durante algún tiempo más? ¿Es eso?

Mi padre meditó durante unos segundos si responder a mis preguntas. Por fin, cogió una silla, la acercó al sofá y se sentó en ella, junto a mí. Mirándome con los ojos algo vidriosos.

—Me gustaría poder contártelo todo, Félix. Pero se trata de información reservada. Podría ir a la cárcel por revelarla.

—Hombre, Felipe... ¡que soy tu hijo! No me voy a chivar.

Sonrió pero no dijo más. Y yo ya me di cuenta de que no le sacaría ni una palabra adicional. Entonces tomé el informe, busqué una de las últimas páginas y se la mostré.

—Está bien: lee ahí. El segundo párrafo.

Lo leyó en silencio, ante la mirada curiosa y sorprendida de mi madre. Noté que la expresión del rostro se le iba endureciendo conforme avanzaba por el texto.

–Maldita sea... –masculló al final.

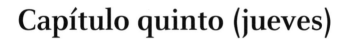

Capítulo quinto (jueves)

La primera llamada

A la mañana siguiente, muy temprano, se cursaron dos llamadas telefónicas casi simultáneas y, de algún modo relacionadas. Una de ellas la hizo mi padre a su ayudante, Toni Ramírez.

–Escucha, Ramírez... es preciso que don Vicente Barrantes no se incorpore al equipo esta mañana. Que permanezca apartado de las chicas de Laurisilva Moncada con cualquier excusa hasta que yo llegue al cuartel general. Si no se te ocurre nada, simplemente enciérralo en un despacho. Sin teléfono ni acceso a internet. ¿Está claro?

–A... a la orden, mi teniente. ¿Qué es lo que ocurre?

Pero mi padre ya había colgado.

Perros olímpicos

La segunda llamada la efectuó Cuca a mi teléfono móvil, despertándome de un sueño estupendo en el que, precisamente, aparecía ella.

–Félix...

–¿Mmm...?

–¿Aún dormías?

–Noñ... buo –farfullé.

–Hala, despierta y atiéndeme: creo que tengo una pista sobre los collares de los perros.

–¿Sí? Aush... Dri, dri...

–Marajá es un galgo persa, ¿no? Su raza, por tanto, procede de un país asiático.

–No... Ah, sí, sí, sí. Persia es Irán. Asia, sí, sí.

–Y su collar es de color amarillo.

–Amarillo, amarillo. Como el submarino de los Beatles. ¡Je!

Sin hacer caso de mi broma, Cuca siguió.

–El caniche es oriundo de Francia. Europa, por tanto. Y llevaba el collar de color azul.

–¿Sí? No me acuerdo...

–Yo me acuerdo perfectamente. Y el chihuahua es una raza mexicana. México pertenece a América. Y el perro llevaba collar rojo.

Las telarañas que me nublaban la vista parecían de tela de saco.

–Bien. Sí. México, rojo. Vale. Y eso nos lleva a... ¿qué?

La oí suspirar a través de la línea telefónica.

–¡Los aros olímpicos! En la bandera olímpica, los cinco aros representan los cinco continentes: el azul es Europa; el negro, África; el amarillo es Asia; el rojo, América; y el verde, Oceanía. Creo que los collares de los perros indican el continente de origen de su raza.

–Quieres decir que son... ¿perros olímpicos?

–¡No, hombre! Bueno, no lo sé. Pero, si estoy en lo cierto, y la regla se repite en los otros diez perros de Villa Agripina, está claro que eso ha de suponer una pista.

–¿Una pista de qué?

–¡No lo sé, pelma! Una pista de algo. Algo geográfico, quizás.

En ese momento yo aún no me había despertado del todo, así que, durante un rato, permanecí sin saber qué decir.

–Bien... lo primero sería asegurarse de que tienes razón y cada collar... o sea, cada perro tiene su collar con su color del país del continente olímpico que... oye, ¿qué hora es?

–Las ocho y media.

159

–¡Las ocho y media de la madrugada! –exclamé, angustiado–. ¡Qué atrocidad! ¿Quedamos a desayunar?

–Vale. En la chocolatería de la plaza dentro de quince minutos.

–Hecho.

Un cuarto de hora más tarde, de forma asombrosa, estaba yo ya sentado en uno de los taburetes de la barra de la chocolatería Hernández. Cuca no había llegado todavía. Apareció poco después, se me acercó por la espalda sin que yo me diera cuenta y me sopló en la oreja. Un delicioso escalofrío me recorrió la espalda al instante.

–Hola –susurré después.

–Hola. ¿Ya has pedido?

–No, aún no. Acabo de llegar.

Cuca hizo aletear las pestañas, sonrió y se sentó a mi lado. Se acodó en la barra y apoyó la barbilla en el puño cerrado.

–Es curioso: antes no me parecías tan guapo.

–En cambio, tú a mí, sí. Siempre.

–Pues nunca me lo habías dicho.

–Estaba... ¡ejem...! esperando el momento oportuno.

Llevaba el pelo no muy largo, desordenado en rizos grandes. El color pajizo contrastaba con sus pestañas muy oscuras. A lo mejor era rubia de bote. Cosa que, por otra parte, a mí me resultaba indiferente. Como si se lo pintaba al óleo.

–Esperando, ¿eh? O sea, que si no me decido yo a dar el primer paso, nos podía haber pillado la próxima glaciación aún mirándonos desde lejos.

–Mujer... ese guión clásico, con el macho alfa siempre

tomando la iniciativa, como en los documentales de gorilas africanos... la verdad, no me va mucho. Lo siento.

Ella sonrió.

–Reconozco que compensas tu falta de carácter de macho alfa con otras virtudes. Y a mí, en el fondo, nunca me ha molestado tomar la iniciativa. Pero algún día serás tú quien me sorprenda a mí, ¿verdad?

–Pues claro que sí.

–¿Chocolate con churros?

–Para mí, con nata y churros.

–Buena idea.

Tras dar cuenta de nuestras respectivas tazas de chocolate, decidimos pasar –por mi parte, a regañadientes– a nuestro segundo centro de interés: el caso Marajá.

–Primero, deberíamos identificar a todos los perros, para saber su raza con seguridad, averiguar de dónde procede y ver si la regla de los colores de los collares se cumple en todos los casos. Así que tendríamos que buscar a alguien que entienda de perros –dijo ella.

–Seguro que en Google hay miles de páginas sobre razas de perros.

Cuca frunció los labios.

–No me fío. Internet está lleno de errores. Y con simples fotografías creo que sería fácil que metiésemos la pata.

–Vaaale. ¿Y de dónde sacamos a un experto en perros?

–He pensado acudir a la Sociedad Protectora de Animales. Seguro que allí tienen gente que entiende mucho de perros. Los perros son las mascotas más habituales.

Engaño

Felipe Manley abrió con cierta violencia la puerta del despacho sin ventanas en el que Toni Ramírez había encerrado a don Vicente Barrantes. El sabio jubilado había garabateado dos docenas de folios con fórmulas y diagramas. En ese instante, sobresaltado por la irrupción, interrumpió su tarea y se volvió hacia el oficial del servicio secreto.

–Buenos días, teniente. Me gustaría saber a qué viene esto.

Manley arrojó sobre la mesa el documento clasificado como confidencial y, sin responder al saludo, se cruzó de brazos mientras atravesaba con mirada de diamante al viejo científico.

–Me ha engañado, don Vicente. Me ha estado engañando todo este tiempo, ¿verdad?

Las cejas de don Vicente formaron una uve invertida.

–No sé de qué me habla, Manley.

Felipe tomó asiento calmosamente. Lo hizo frente por frente al señor Barrantes.

—La Diputación de Cuenca no les pagó el trabajo —dijo el agente, señalando el documento—. Les dejó a deber más de la mitad de los honorarios prometidos. Ese último abono debía efectuarse una vez que el Cuencasat estuviera en órbita. Pero, a pesar de que toda la operación se desarrolló satisfactoriamente, llegó la crisis del noventa y dos y aquel pago se retrasó una y otra vez, a pesar de sus requerimientos. Fueron tres años de trabajo por los que sus dos compañeros y usted cobraron solo el cuarenta por ciento de lo prometido.

Don Vicente aguantó unos segundos la mirada de Manley, con cara de inocencia total.

—¿En serio? —dijo, al fin—. La verdad es que no recuerdo nada de todo eso. ¿Y qué tiene que ver con lo que estamos haciendo aquí?

—¡No me tome por tonto, Barrantes! —dijo Manley, golpeando la mesa con la palma de la mano—. Dejaron de pagarle más de cien mil euros y otros tantos a cada uno de sus compañeros. ¡Es un móvil como la copa de un pino!

—¿Un móvil para qué?

—¡Para vengarse, naturalmente! ¡Ahora lo comprendo todo! A lo único que ha venido usted aquí ha sido a asegurarse de que mi equipo no logre hacerse con el control del Cuencasat, ¿no es así?

Don Vicente enrojeció ligeramente. Pero fue de ira, no de vergüenza.

–¡Le recuerdo que yo no he venido aquí! ¡Fueron sus hombres los que me trajeron y me suplicaron que les ayudase en esta crisis!

–¡Vamos, Vicente, vale ya de irse por las ramas! Usted sabía de antemano que pediríamos su ayuda. Es el único miembro superviviente del equipo que diseñó el Cuencasat. Déjese de tonterías y confiese: el inesperado acercamiento al Meteosat no ha sido un error ni una avería. ¡Ha sido cosa suya!

–¿Mía?

–Suya y de sus compañeros. Supongo que la programaron hace años, cuando vieron que los políticos que les contrataron no pensaban pagarles el dinero prometido. ¡Y esta es su venganza!

Vicente Barrantes se puso en pie. La indignación le afloraba al rostro. Respiraba agitadamente y le temblaba la barbilla.

–Escúcheme bien, Manley –gruñó, feroz–. No sé si su acusación es una mera argucia de espías. Si lo es, no sé qué pretende con ello pero le aseguro que no recuerdo nada de lo que me ha contado y, por tanto, no tengo ninguna cuenta pendiente con nadie. No quiero venganza alguna por nada. Desde que ustedes me trajeron aquí he intentado ayudarles honestamente, con todos mis conocimientos. Y ahora, me acusa usted de ser un traidor vengativo. ¡Es lo último que esperaba oír!

Manley bajó la vista y dedicó unos segundos a rascarse la coronilla. Cuando volvió a mirar a don Vicente, lo hizo con ojos de agente secreto.

–Permítame que no le crea, don Vicente. Y, por supuesto, no voy a dejar que se incorpore de nuevo a mi equipo.

El científico chasqueó la lengua, con disgusto.

–¡No lo haría ni aunque me lo pidiera de rodillas! ¿Puedo irme a mi casa, entonces?

Manley consultó su reloj.

–No, lo siento. Esta crisis terminará de un modo u otro dentro de veintitrés horas y media. Entonces podrá marcharse. Mientras tanto, permanecerá aislado. Nada de salir a la calle ni llamar por teléfono ni enchufarse a internet. Ramírez le indicará enseguida dónde puede instalarse.

Sociedad Protectora de Animales (y Plantas)

La Sociedad Protectora de Animales estaba ubicada en el barrio de Torrero, en una casita sencilla, de una sola altura y con un corral tapiado en su parte posterior. Lo que aquí llamamos una parcela.

Nos abrió la puerta un tipo bajo, ancho y con ojos de huevo. Cuando le explicamos nuestro deseo se balanceó de un pie al otro con desolación.

—¿Perros? ¡Cuánto lo siento, pero yo no entiendo de perros! Aquí hacemos guardia por turnos, por si alguien llama para avisar de una emergencia. Ya sabéis: un gato abandonado, un camello obligado a trabajar más horas de lo debido, una mortandad de peces en el río... lo que sea. Pero de perros no sé nada. Yo soy de la sección de cebras.

—¿Cebras?

—Sí. De cebras lo sé casi todo. ¿Queréis saber cuántas rayas tiene un ejemplar adulto? ¿A qué velocidad son capaces de galopar? ¿Cuál es el tiempo de gestación de las hembras? Eso lo sé. De perros, nada.

Cuca me miró de refilón, ligeramente inquieta.

–¿Y... no podría ponernos en contacto con algún experto en perros? Necesitamos identificar varios, de distintas razas.

–Un momento. Voy a mirar.

El tipo de las cebras entró en la casa, se dirigió a la primera habitación a mano derecha y allí abrió el cajón superior de un archivador metálico color gris, del año de la polka. Ante nuestra impaciencia, estuvo casi diez minutos revisando con toda parsimonia una colección de fichas de cartulina mugrienta. Por fin, alzó una de ellas en la mano derecha.

–¡Aquí lo tengo! Don Ildefonso Tagore Sanbernardo. Este es vuestro hombre. Trapecista jubilado del Gran Circo Ruso, es un verdadero entendido en perros de todas las clases, según dice su ficha personal. Tomad nota de su dirección y teléfono.

Ildefonso Tagore

Don Ildefonso vivía en el barrio de las Delicias, en un piso alto, no muy grande, absolutamente invadido por la afición de su dueño hacia el mejor amigo del hombre.

El señor Tagore, a quien telefoneamos previamente desde la protectora para avisarle de nuestra visita, nos recibió envuelto en un batín de seda roja estampado con siluetas de perros. Las paredes de la vivienda aparecían cubiertas por cuadros y fotografías de perros. En el salón principal, además de varios perros disecados había una estantería con multitud de enciclopedias sobre el mundo canino y cientos de revistas sobre el mismo tema encuadernadas en gruesos volúmenes. Por todos los rincones íbamos descubriendo perros de porcelana, de madera, de plata, de cristal, de plástico... curiosamente, no había ningún perro vivo. Cuca se lo hizo notar.

—Un piso como este no es lugar para tener un perro —nos aclaró don Ildefonso—. Un perro necesita espacio vital. Unos más que otros, pero todos lo necesitan. Yo no sería capaz de tener encerrado a un perro aquí durante todo el tiempo y sacarlo a mear una vez al día.

–Lo entendemos perfectamente –dijo Cuca–. Y ahora... ¿podría usted ayudarnos? Como le hemos comentado por teléfono, necesitamos identificar las razas de unos cuantos perros.

–¿Y dónde están? ¿Los habéis traído?

–Eeeh... tenemos sus fotos aquí, en el teléfono –respondí, alzando mi móvil.

Don Ildefonso arrugó la nariz.

–¿Y no podríamos verlos en vivo y en directo? Una fotografía puede resultar confusa. Más, siendo tan chiquitina como esas.

–Si tiene usted tiempo...

–¡Por dios! A un jubilado como yo, lo que le suele sobrar es tiempo, hija mía.

Nuestro idilio con los jubilados continuaba.

Así que llamamos a don Amancio para que acudiese a Villa Agripina para abrirnos la puerta y, una vez allí, nos dirigimos los cuatro al cobertizo.

Y, en efecto, don Ildefonso resultó ser un verdadero experto en canes. Identificó a los doce perros con pasmosa seguridad, ofreciéndonos además un buen número de detalles adicionales sobre cada una de las razas.

En apenas quince minutos los teníamos fichados a todos. Además del chihuahua, el caniche y nuestro galgo persa, don Ildefonso clasificó con rapidez a un dálmata, un pastor australiano, un schnauzer alemán, un bichón habanero, un basenji del Congo, un dogo argentino, un kai japonés, un perdiguero de Burgos, un galgo árabe y un pekinés.

Ni que decir tiene que la teoría de Cuca resultó acertada en el cien por cien de los casos. Todos los perros de origen europeo, llevaban el collar azul; negro los africanos, rojo los americanos, amarillo los asiáticos y verde en el caso del único ejemplar de nuestras antípodas.

–Correcto. Tenías razón –admití, mientras tomaba notas sobre el último de los perros identificado por nuestro ex trapecista–. ¿Y ahora qué?

Cuca movió la cabeza.

–No sé. Ahora ya está claro que el misterio, sea el que sea, tiene que ver con los collares. Los números, los colores relacionados con el país de procedencia de cada perro... se trata de una clave, eso seguro.

Me volví entonces hacia don Amancio.

–¿Y ese profesor de matemáticas que iba a echarles un vistazo a las series de cifras? ¿Ha pasado usted ya esta mañana por la Academia Marmolejo?

–Pensaba hacerlo justo cuando me habéis llamado –respondió el señor Rebrinca–. Podemos ir ahora, si queréis.

Despedimos a don Ildefonso con grandes muestras de agradecimiento y tras haberle invitado a un granizado de limón en la heladería Tutti Frutti. Y acto seguido, Don Amancio, Cuca y yo nos dirigimos a la academia de don Bienvenido Marmolejo.

Justamente, aparecimos por allí en el momento de un cambio de clases y pudimos hablar directamente con el profesor Miravete –un cuarentón de aspecto alemán–, que carraspeó, abrió su maletín y sacó de él un par de folios cuajados de cifras y tachaduras, que arrojó con cierto desprecio sobre una mesa cercana.

–Les he dado una y mil vueltas pero yo creo que no hay nada especial en esos números. Una pérdida de tiempo. Enseguida vi que la totalidad de esas cifras conforma la serie de los números naturales desde el uno hasta el doscientos sesenta. No falta ninguno ni se repite ninguno. Pero cada una de las trece series no responde a ningún patrón. No tiene sentido. O yo, al menos, no he sido capaz de encontrarlo. En algunas de las listas, las cifras son casi equidistantes, mientras que en otras, aparecen varios números seguidos, muy alejados de los demás. No parecen corresponder a series matemáticas ni nada similar. Podrían haber sido escogidas al azar. Lo siento. No se me ocurre nada más. Quizá con más tiempo y tranquilidad...

–Por desgracia, yo creo que el tiempo se nos está acabando.

–¿Por qué? –me preguntó Cuca–. ¿Acaso sabes algo que nosotros no sabemos?

Ella, don Amancio, don Bienvenido y el profesor Miravete me miraron en silencio, esperando mi respuesta.

Tuve que reconocer que sí, que tenía información no compartida. Fue entonces cuando les hablé del Cuencasat por primera vez.

–... Mi padre no ha querido decirme más, pero yo creo que el servicio secreto, por alguna razón, intenta evitar que el satélite se destruya.

–¿Y cuándo está previsto que ocurra?

–Justo a los veinte años de su puesta en marcha. El plazo se cumple mañana, a las ocho y media.

–¿A las ocho y media... de la mañana? –preguntó Cuca, alarmada.

–¿Y piensas que lo de los perros, los collares y los números tiene que ver con la crisis desatada por ese satélite? –me preguntó don Amancio.

Yo lo veía clarísimo.

–El satélite fue diseñado por don Vicente, Eladio O'Hara y Alfredo Porcuna. Todo este lío de los collares de los perros viene de una carta testamentaria de O'Hara en la que hablaba de un plan elaborado tiempo atrás entre los tres. ¡Vamos, que si las dos cosas no están relacionadas, yo soy el ayudante de Fu-Manchú!

Cuca, don Amancio y Marmolejo se miraron entre sí.

–No, si lo más seguro es que tengas razón –admitió don Bienvenido–. Pero si tenemos que resolver este embrollo antes de las ocho y media, lo tenemos difícil. Faltan menos de veinte horas.

Cocodrilo del Nilo

Fue a la hora de la siesta, lo recuerdo perfectamente. O, mejor dicho, durante la propia siesta.

Mi madre y yo acabábamos de terminar el postre. A lo largo de toda la comida, ambos lucíamos esa carita de tonto tan propia de los enamorados que no se han enamorado desde mucho tiempo atrás. En mi caso, nunca.

Después de las natillas, me tumbé en el sofá dispuesto a ver en la tele el concurso Saber y Ganar. Pero antes de que apareciera en pantalla el incombustible Jordi Hurtado, me había quedado dormido.

Me desperté sobresaltado una hora después, en mitad del documental posterior, que ese día no era el de los ñúes o como se diga sino uno de cocodrilos del Nilo que también había visto ya otras veces. Y, al poco, cuando se disiparon las telarañas del sopor, me percaté de que acababa de soñar la solución. O algo parecido, al menos. La sentí llegando a mi mente como un destello, como un relámpago, como el rayo verde al que canta Fito Cabrales en uno de sus discos.

Notaba la boca pastosísima, así que corrí a la cocina y bebí un largo trago de agua, directamente del grifo de la fregadera. Luego, tomé el móvil y marqué el número de Cuca.

–¿Diga?

–¡He tenido un sueño!

–Mira... Como Martin Luther King.

–¿Quién?

–Nadie que tú conozcas. ¿Qué sueño ha sido ese?

–He visto lo que significan los números marcados en los collares de los perros.

Mi chica tardó en contestar.

–¿Estás seguro?

–Mujer, seguro, seguro, lo que se dice seguro... pero merece la pena probar, ¿no crees?

–Sí. Sí, desde luego. A falta de otras ideas y con el tiempo corriendo como un galgo...

–Entonces, llama a don Amancio. Tenemos que ir de nuevo a Villa Agripina. Pero esta vez, a la casa. Al torreón.

–¿No me lo vas a explicar todo antes?

No lo hice. Preferí dejar a Cuca con la intriga y contárselo todo de camino.

–El profesor Miravete nos dijo esta mañana que las cifras de los collares no eran más que los números naturales del uno al doscientos sesenta, tomados de veinte en veinte.

—Así es.

—Pues bien: ¿recuerdas que en el torreón de la casa de don Vicente había unos muebles rinconeros llenos de juegos?

—Perfectamente.

—¿Y que dos de esos muebles estaban llenos de puzles?

—Sí, me acuerdo. Los del segundo y tercer rellano, si no recuerdo mal.

—Cooorrecto. Pues bien: algunos de esos puzles eran... ¡de doscientas sesenta piezas! Lo recuerdo porque me pareció un número poco usual.

Cuca me miró en silencio. Creo que esperaba que yo siguiese hablando.

—¿Y...? —dijo, al fin.

—Bueno... está muy claro, ¿no? Doscientos sesenta números en los collares de los perros. Doscientas sesenta piezas en cada uno de aquellos puzles de casa de don Vicente. ¿Ves la relación?

Cuca alzó una ceja, en un gesto de escepticismo que yo ya le había visto en ocasiones anteriores.

—Hombre, claro que la veo: doscientos sesenta es igual a doscientos sesenta. ¿Y eso es todo?

Kouru, Guayana

Unos minutos más tarde llegábamos una vez más a Villa Agripina, que ya parecía nuestra propia casa más que la de su dueño.

Don Amancio nos esperaba ante la puerta de la verja. Cruzamos el jardín, entramos y, ante la sorpresa del jubilado, Cuca y yo enfilamos sin vacilación nuestros pasos hacia la escalera del torreón. Subimos los peldaños de dos en dos hasta llegar al segundo rellano y abrimos el armario de los puzles.

–¡Aquí hay uno! –exclamé, tras revisar las características de varios de ellos–. ¿Lo ves? ¡Doscientas sesenta piezas!

Saqué la caja del armario, con cuidado de no derribar las que se apilaban sobre ella.

–Es una vista de París –dijo Cuca, tras echar un vistazo a la imagen de la tapa–. La Isla de la Cité y la catedral de Nôtre Dame.

—Y aquí tienes otro —dije, entregándole uno que representaba la conocida imagen de la bahía de Sydney—. Toma, déjalos ahí, aparte. Aquí hay otro. ¡Y otro más! Mira, mira, mira, todos estos son de la misma serie. Todos tienen doscientas sesenta piezas.

Los fuimos sacando del armario, apilándolos en el suelo, a nuestro lado.

De repente, me percaté de un detalle que me hizo brincar el corazón.

—¡Otra pista, Cuca!

—¡Ay, qué susto! ¿Cuál?

—El nombre de la empresa fabricante. Fíjate: ¡Rompecabezas Guayana!

—Desde luego, no es de las más conocidas. ¿Por qué te ha llamado la atención?

—Por algo que leí en ese informe confidencial que mi padre dejó en casa anoche. Ya sabes: donde me enteré que a don Vicente y sus colegas no les habían pagado el trabajo.

—Que sí, que sí. Sigue.

—Bueno, pues allí decía también que el satélite Cuencasat fue puesto en órbita por un cohete francés de la clase Arianne y lanzado desde la base espacial de Kouru... ¡en la Guayana francesa! ¡Todo cuadra! Rompecabezas Guayana... Guayana francesa. ¿Lo ves o no lo es?

Cuca frunció los labios y puso mala cara.

—No, si verlo lo veo muy claro pero, qué quieres que te diga, lo encuentro un tanto traído por los pelos.

No me desanimó. Pese a sus palabras, en el tono de su

voz yo noté cómo el interés y la sorpresa le iban ganando puntos al escepticismo.

–¿Y usted qué opina, don Amancio?

El hombre se encogió de hombros.

–De momento, sin comentarios.

Terminamos de sacar del armario todas las cajas de puzles de Rompecabezas Guayana y formamos con ellas una torreta que, apoyada en el suelo, casi alcanzaba la altura de una persona.

–¿No hay más? –preguntó Cuca, por fin.

–No –respondí–. Ahí están todos los puzles de doscientas sesenta piezas.

Hizo un recuento rápido, señalando la pila de cajas de cartón con un gesto ascendente del dedo. Tras hacerlo, abrió ligeramente la boca y me miró, inquieta.

–Hay trece.

Hasta don Amancio lanzó una exclamación sorda al oír aquello.

–¡Trece! –exclamó–. ¡Tantos rompecabezas como perros!

–O, lo que es lo mismo, tantos como collares –razonó Cuca–. Así que lo más lógico es pensar que a cada perro y a cada collar les corresponde un puzle diferente.

–Justo. Pero ¿cuál?

No quería aparecer como un pedante delante de Cuca, pero lo cierto es que yo ya tenía respuesta para esa pregunta.

–Todos los puzles son vistas de ciudades del mundo. Creo que a cada perro le corresponde su ciudad.

Cuca y don Amancio me miraron con perplejidad.

–Por ejemplo –continué– al caniche, que es de origen francés, le correspondería el rompecabezas con la vista de París. Gracias a don Ildefonso sabemos a qué raza pertenece cada perro y el país del que procede. Si las imágenes de los puzles se corresponden con ciudades pertenecientes precisamente a esos países... la coincidencia sería irrebatible.

–¡Vamos a verlo! –exclamó Cuca.

Las trece razas de los perros procedían de Croacia, Alemania, Francia, España, México, Argentina, Cuba, Japón, Marruecos, China, el Congo, Irán y Australia.

Las imágenes de los puzles correspondían al palacio de Diocleciano en Split; la puerta de Brandenburgo de Berlín; la catedral de Nôtre Dame, de París; el acueducto de Segovia; el monumento a la Independencia, en México, DF; el palacio de Aguas Corrientes, de Buenos Aires; una vista del paseo del Malecón de La Habana; el memorial de la bomba de Hiroshima; una vista del Palacio Real de Casablanca; otra, de una parte de la Gran Muralla; un atardecer sobre el río Congo a su paso por Kisangani; la plaza Azadi, de Teherán y, por último, la bahía de Sydney, con la inconfundible silueta del edificio de la Ópera.

Durante la identificación de las fotografías, Cuca se me había acercado por detrás. Me enlazó, pasando su brazo derecho por mi estómago al tiempo que apoyaba la barbilla en mi hombro izquierdo.

–Estabas en lo cierto –me susurró al oído–. Trece perros, con sus trece collares. Y trece rompecabezas que se corresponden con cada uno de ellos. Brillante.

Don Amancio nos miraba con una sonrisa irónica en los labios.

—Nos quedaría por saber qué significan los números —recordé.

Ahora fue Cuca la que se puso algo pedante.

—¡Por favor...! Yo diría que está cantado: veinte números en cada collar. Trece collares. Doscientos sesenta números en total, como las piezas que componen cada rompecabezas. ¿No se te ocurre nada?

—Pues... algo se me ocurre, sí. Pero ¿qué piensas tú?

Cuca rió.

—Pienso que si tomamos veinte piezas diferentes de cada uno de esos trece puzles, podríamos formar un nuevo rompecabezas con todas ellas.

Cerré un momento los ojos e imaginé la operación que proponía Cuca.

—¡Pues claro! ¿Y esa sería la solución final del enigma? ¿Un nuevo rompecabezas formado por algunas piezas de todos los demás?

—Exacto. Yo creo que ese es el final del camino. La solución.

—Pero... ese rompecabezas no tendría ningún sentido.

—A lo mejor sí. Tendríamos que comprobarlo. ¿no crees? —me dijo ella.

—Sí, bueno... pero antes que nada necesitaríamos resolver los trece rompecabezas, para así poder identificar las piezas que se corresponden con los números de los collares.

—Ni más ni menos. ¡Pero qué listo es mi chico!

Tomé la muñeca izquierda de Cuca y consulté su reloj.

–Quedan catorce horas y media para que estalle el Cuencasat. ¡Es imposible! ¿Cómo vamos a resolver trece rompecabezas de doscientas sesenta piezas en menos de quince horas... ¿cuántas piezas son doscientas sesenta por trece?

–Tres mil trescientas ochenta –calculó Cuca, en un voleo.

–No hay tiempo material.

–Habrá que pedir ayuda, entonces.

Voluntarios

Con la ayuda de don Amancio, cargamos con las trece cajas de los Rompecabezas Guayana y nos dirigimos con ellas a la Academia Marmolejo.

Tras acordar con don Bienvenido un plan de acción, nos dirigimos a la sala de exámenes y situamos cada puzle sobre una mesa. Mientras sacábamos las piezas de las cajas y las colocábamos separadas y boca arriba, por la megafonía de la academia comenzó a difundirse un curioso mensaje, por boca del propio don Bienvenido.

«Buenas tardes a todos. Préstenme su atención durante un minuto, por favor. La Academia Marmolejo se ha inscrito en una competición nacional de centros de enseñanza y repaso en la modalidad de resolución de rompecabezas. Aquellos de ustedes que, al término de sus clases, dispongan de algún tiempo libre, pueden colaborar dirigiéndose al aula de exámenes, en el segundo piso. Su ayuda será recompensada con una rebaja en la próxima mensualidad, proporcional al tiempo dedicado a esta tarea. Muchas gracias.»

No fueron más allá de dos docenas los alumnos que se presentaron voluntarios. Pero resultaron ser gente entusiasta y, varios de ellos, con experiencia y habilidad en la tarea. Sumando nuestra ayuda más la de algunos profesores de la academia, al filo de la medianoche habíamos resuelto los trece rompecabezas.

De no haber sido por la angustia de comprobar cómo el tiempo se nos echaba encima minuto a minuto, habría resultado una tarea deliciosamente grata. Alguien que hubiera podido contemplar a vista de pájaro la sala de exámenes de la Academia Marmolejo durante aquellas pocas horas, sin duda habría disfrutado, viendo cómo la aportación de unos y otros hacía avanzar, como por arte de magia, las imágenes escondidas en las pequeñas piezas de cartón.

A punto de atravesar la frontera entre el jueves y el viernes, y tras haber vivido algunos momentos de verdadero guirigay, la tranquilidad había regresado. Volvimos a encontrarnos solos en el aula Cuca, don Amancio, don Bienvenido y yo. Nos veíamos a un paso de nuestro objetivo final; pero también nos hallábamos exhaustos. Yo mismo hacía ya rato que veía flotando en el aire lucecitas de colores con forma de pieza de puzle.

–¿Y ahora? –preguntó Marmolejo.

–Solo nos falta componer el rompecabezas definitivo –indicó Cuca–. Tenemos que tomar veinte piezas de cada uno de estos trece. Deben ser exactamente las señaladas en el collar del perro correspondiente.

—¿Y encajarán?

—Encajarán, sí —dijo don Amancio—. Las piezas de cada puzle son distintas entre sí, pero todos los puzles están fabricados con el mismo troquel. Las piezas que ocupan el mismo lugar son idénticas, aunque pertenezcan a modelos diferentes.

—Pues vamos a por ello —dijo Cuca—. Estoy reventada y no puedes hacerte una idea de las ganas que tengo de acabar con todo esto.

En ese momento, sonaron doce lentas campanadas en la cercana iglesia de San Blas.

Capítulo sexto (viernes)

Un disparate

Mientras en San Blas sonaban las campanadas de la medianoche, nos pusimos manos a la obra. La que esperábamos fuera la última tarea.

En principio, parecía sencilla: solo debíamos localizar las veinte piezas de cada puzle e ir formando con ellas el rompecabezas definitivo, cuidando, eso sí, de mantener correcta la posición de cada pieza.

El problema era que el cansancio había hecho su aparición y resultaba fácil contar mal, confundir una pieza con la situada a su lado o meter la pata de cien maneras diferentes.

Al principio, sobre todo, progresábamos muy, muy despacio. La primera hora de trabajo no nos cundió apenas y, naturalmente, llegaron momentos de desánimo.

—Me pregunto si todo este trabajo acabará sirviendo para algo —se preguntó un desalentado Marmolejo en cierto instante.

–¡Pues claro que servirá! –exclamó don Amancio, con rabia–. ¡Tiene que servir, Bienvenido! En realidad, todo está saliendo como Vicente había previsto, ¿no lo ves? Estos chicos han resuelto la clave: los perros, los collares, los rompecabezas... lo que él no conseguía recordar, ellos lo han solucionado. ¡Y no era nada fácil! Estamos a punto de lograrlo. Este último rompecabezas tiene que ser la clave del plan que prepararon Vicente y sus dos amigos. El plan del que hablaba O'Hara en su carta póstuma.

–Si tú lo dices... Yo aquí no veo nada.

–Ánimo. Falta ya muy poco.

Así era. Y, por suerte, conforme nuestro rompecabezas fue tomando cuerpo, las posibilidades de error se redujeron y todo comenzó a resultar más fácil y rápido.

Por fin, cerca de las dos de la madrugada, con un gesto teatral, don Amancio colocó en su sitio la última pieza. Ocupaba la posición doscientos cuarenta y cuatro, según el último número marcado en el collar del pastor australiano, y correspondía a un trocito de mar de la bahía de Sydney.

De inmediato, los cuatro rodeamos la imagen. Uno por cada uno de sus cuatro lados. El aspecto del puzle era impecable y todas las piezas encajaban a la perfección unas con otras. Pero la imagen final resultaba desalentadora.

–Vaya barullo –murmuró Marmolejo.

Aquello no tenía ni pies ni cabeza. Se mirase por donde se mirase, no era más que un collage absurdo, compuesto por doscientos sesenta trocitos dispersos de trece imágenes diferentes. Ni más ni menos.

—Sinceramente, esperaba algo más –reconocí–. Creía que, al montar el rompecabezas, aparecería como por arte de magia una nueva imagen que todos veríamos con claridad. O quizá un mensaje que todos podríamos leer. Pero yo no veo nada. Esto no significa nada. Al menos, para mí.

Durante un buen rato, los cuatro contemplamos el rompecabezas en silencio, inclinando alternativamente la cabeza sobre un hombro y otro, a derecha e izquierda, de frente y de soslayo, en busca de alguna perspectiva reveladora. Sin resultado.

—Aquí no hay nada –reconoció don Amancio, en voz muy baja.

—Lo que yo me temía: un simple disparate –corroboró Marmolejo.

—Quizá sí hay algo y no somos capaces de verlo –aventuró Cuca.

Entonces saqué mi móvil, me subí a una silla para ganar altura y fotografié la imagen que nos ofrecía el puzle. Acto seguido, marqué el número de mi padre.

—¿Papá? Hola, soy Félix.

—¿Qué Félix?

—Si te llamo papá, ¿qué Félix va a ser? ¡Tu hijo, demonios!

—¡Ah, ya...! Disculpa. Estoy muy cansado y aún no me he acostumbrado a ser el padre de un Félix. ¿Qué quieres a estas horas?

—¿Te he despertado?

—No, ni mucho menos. Estoy en el cuartel general. Hasta que no se resuelva de un modo u otro el asunto que tú sabes, ya no me moveré de aquí.

189

–Eso suponía. Y, precisamente, te llamo por eso. Voy a enviarte al móvil una fotografía que acabo de tomar. A ver si allí tienes a alguien que le pueda dar sentido.

–¿De qué se trata?

–Yo creo... que se trata del resultado de un plan que Vicente Barrantes, O'Hara y Porcuna habían preparado tiempo atrás y que, supongo, tiene relación con la crisis del Cuencasat.

–Un plan... ¿para qué?

–Eso ya no lo sé.

A través del auricular escuché unos extraños sonidos que asocié con que mi padre se estaba desperezando.

–De acuerdo –dijo después–. Envíame esa foto ahora mismo. Y gracias, Félix.

–No me las des solo a mí.

Número oculto

Mientras yo hablaba con mi padre, Cuca también estaba inmersa en una conversación telefónica. Colgamos casi al unísono.

–Era mi madre –me explicó–. No sé por qué, no se cree que esté participando en la resolución de una crisis internacional y me dice que vuelva a casa de inmediato.

–Tu madre tiene razón –dijo don Amancio–. Creo que aquí ya no podemos hacer nada más y deberíamos marcharnos los cuatro a dormir.

Todos nos mostramos de acuerdo.

–Te acompaño a casa, Cuca.

–Pero si está muy cerca.

–Insisto.

–Vale –dijo Cuca, con una sonrisa.

Junto a su portal, arrullados por los maullidos de los gatos, nos despedimos.

Luego, ella entró en la casa y yo esperé fuera hasta que desapareció de mi vista, secuestrada por el ascensor.

Me sentía el chico más feliz del universo.

Sin embargo, mi felicidad fue interrumpida en ese instante por la vibración de mi móvil. Pensé que sería mi madre pero, al comprobar la identificación de llamada entrante me encontré con un inquietante «Número oculto».

—¿Diga?

—Félix, soy tu padre.

Era la primera vez que alguien me decía semejante cosa por teléfono. Me sonó rarísimo, casi como una broma. Tu padre. Tu padre. Qué cosas, ¿eh? Tu padre. Soy-tu-pa-dre.

—Hola. Dime, papá.

—Oye, verás: los chicos de mi equipo llevan un buen rato dándole vueltas a la imagen que nos enviaste antes. Sin resultado. Pero piensan que quizá encuentren algo si pueden examinar directamente el original.

—El original, ¿eh?

—¿Dónde está?

Me froté la cara con fuerza, con la mano libre.

—Está en la Academia Marmolejo. Es posible que el señor Marmolejo y don Amancio aún se encuentren allí.

—Muy bien. Voy a llamarlos, a ver si ellos lo pueden traer aquí, al cuartel general. Gracias, hijo.

No me dio ni tiempo a decir «de nada» antes de que colgase.

Permanecí medio minuto inmóvil sobre la acera, frente a la puerta de la casa de las gemelas Padornelo, con el móvil en la mano. De repente, decidí que no quería enterarme por los periódicos del final de aquella aventura. Que quería vivirlo en primera persona.

Y eché a correr como un poseso, de vuelta a la Academia Marmolejo.

Acreditación magnética

—¡Eh! ¡Alto, alto! ¡Voy con ustedes!

—¡Félix! ¿Qué haces aquí otra vez?

Marmolejo estaba abriendo el portón trasero de su Volkswagen Passat para que don Amancio colocase con todo cuidado en el maletero una enorme carpeta de dibujante, en cuyo interior, sin duda, viajaba el rompecabezas incomprensible.

—Mi padre les ha pedido que lleven el rompecabezas al cuartel general del CNI, ¿verdad? ¡Pues me apunto!

Los dos hombres se miraron y se encogieron de hombros.

Don Bienvenido arrancó el coche y, en completo silencio, los tres recorrimos buena parte de la ciudad por sus avenidas solitarias y húmedas de manguera, hasta llegar a la delegación del Centro Nacional de Inteligencia, situada en la plaza del Payaso Fofó, número tres.

Apoyado en una farola y bostezando como un hipopótamo, localizamos de inmediato al agente Ramírez que, al vernos, dio un respingo y comenzó a hacernos gestos para que le siguiésemos.

Nos guió hasta una entrada de garaje y abrió la puerta de compás utilizando una acreditación magnética que llevaba colgada del cuello. Luego, siempre corriendo delante de nosotros, nos condujo a través de varias empinadas rampas y otras dos puertas automáticas hasta un profundo sótano, donde nos indicó un lugar de aparcamiento cercano a los ascensores.

Tomamos uno, que también funcionaba con la acreditación de Ramírez y que nos condujo hasta la cuarta planta del edificio. Siempre transportando la carpeta del rompecabezas con mimo similar al que utilizaríamos para llevar una tarta de nata, recorrimos cien metros de pasillos cambiando varias veces de dirección, hasta desembocar en una sala muy amplia, a medio camino entre oficina y laboratorio científico, donde nos aguardaban cinco chicas jóvenes –alguna de ellas, guapísima– ataviadas con bata blanca, además de mi padre, otros dos agentes secretos y don Vicente Barrantes.

Mi padre dio algunas instrucciones en voz queda, a fin de situar el puzle sobre una de las mesas.

Mientras tanto, don Vicente se fundió en un abrazo con sus dos amigos, antes de fijarse en mí.

–¡Hey! ¡Yo a ti te conozco! –exclamó entonces–. Aunque no consigo recordar...

–Soy el hijo de la detective, don Vicente. Estuvo usted en mi casa el pasado lunes para pedirnos que buscásemos a Marajá, su perro extraviado.

–¡Pues claro! –exclamó, sonriente, palmeándose la frente–. ¡Qué cabeza la mía! ¿Y qué? ¿Lo habéis encontrado?

–Sí. A Marajá... y a otros doce perros más.

–¿Tantos? ¡Qué bien!

Tras situar el puzle sobre la mesa principal, las jóvenes científicas lo iluminaron intensamente mediante tres lámparas de brazo articulado. Luego, todos lo rodeamos, contemplándolo en silencio como quien admira un cuadro del Greco.

–¿Seguro que esta cosa tan rara tiene alguna importancia?

Todas las miradas se clavaron en don Vicente que, lentamente, se fue encogiendo de hombros.

–La verdad, a mí no me suena de nada.

–A ver si vamos a estar perdiendo el tiempo –aventuró mi padre–. El poco tiempo que nos queda.

Intentando aportar algo nuevo, decidí entonces contar en pocas palabras los pasos que habíamos seguido hasta conseguir componer el rompecabezas. O sea, la historia de los perros, los collares, los números en los collares... Tras escucharme, las chicas del equipo científico se mostraron de acuerdo en que, en efecto, todo aquello parecía un rebuscadísimo método de ocultación. Concluyeron que la lógica que habíamos aplicado en la resolución del asunto les parecía correcta y que aquel rompecabezas tan raro, aparentemente incomprensible, de un modo u otro debía contener algo importante.

–Ya. ¿Pero qué? –preguntó mi padre, señalando el puzle–. Yo aquí no veo más que un guirigay absurdo compuesto por trocitos de imágenes sin ninguna relación. ¿Dónde está la información, el mensaje o lo que quiera que contenga?

Me dio la sensación de que todos habíamos sobrepasado con creces el umbral del cansancio. En aquellas condiciones, conseguir pensar de modo creativo resultaba una hazaña improbable.

Tras unos segundos se alzó una mano. La de don Vicente.

–¡Vaya, señor Barrantes! –exclamó mi padre, en tono cáustico–. ¿Acaso su maltrecha memoria ha recordado de pronto algo importante?

–No, pero... estaba pensando si quizá la información que contiene ese puzle no podría estar oculta como lo estaban los primitivos mensajes de los espías: escrita con tinta invisible.

–¿Y cómo se hace visible la tinta invisible?

–Depende. Las hay de muchos tipos. Algunas reaccionan a procesos químicos y otras se hacen visibles en ciertas condiciones. Por ejemplo, en presencia de luz de determinada frecuencia. Podríamos probar a iluminarlo con luz infrarroja.

Las chicas de la bata se miraron y asintieron.

–Por probar, que no quede.

Mi padre tomó el teléfono interior y ladró media docena de órdenes en tono de urgencia.

Se produjo en el edificio cierto zafarrancho y, apenas cinco minutos después, ya disponíamos de lámparas de luz infrarroja y una cámara capaz de captar las imágenes iluminadas por ella. Se apagaron las luces de la sala y el resultado fue la oscuridad total. La imagen que nos ofreció la cámara, proyectada en un enorme monitor, dio como resultado una versión en turbio y durísimo blanco y negro de la misma incomprensible composición.

–No funciona –constató Laurisilva Moncada, la jefa del equipo–. Probemos a iluminarlo con luces de otros colores: amarillo, azul, rojo visible...

De nuevo se produjeron apresuradas carreras por los pasillos y llegada de nuevo material.

La luz amarilla y la roja visible no desvelaron nada nuevo. Pero al someter el rompecabezas a un baño de intensa luz azul, una de las científicas de la bata blanca alzó la mano.

–¡He visto algo! –exclamó–. Me parece.

–¿El qué?

–Parpadead rápido dos o tres veces.

Todos lo hicimos, no dos o tres veces sino diez o doce. Y claro está, se nos puso cara de idiota.

–¿Lo veis? ¿Lo veis o no?

–¿Qué tenemos que ver? –preguntó mi padre, guiñando los ojos una y otra vez.

Moncada también hacía muecas rarísimas mientras abría y cerraba los ojos y se ponía y quitaba las gafas.

–¡Creo que yo también lo veo! –exclamó de pronto–. Hay cierto reflejo en las zonas blancas de la imagen que parece tener sentido. Pero solo lo percibo un instante, al abrir los ojos. Luego, lo pierdo.

198 –Puede que tengas razón –apuntó una de sus compañeras–. También yo veo algo al parpadear.

–¿Y cómo conseguimos que esa imagen se haga visible de manera permanente? –preguntó mi padre.

–¿Qué es más azul que la luz azul? –se preguntó una de las chicas, una morena espectacular.

–La luz negra –respondió su jefa.

–¿Y con luz estroboscópica? –propuso la única componente pelirroja del equipo.

–Probemos con ambas cosas.

Mi padre volvió a lanzar órdenes al teléfono. Tras unos minutos, obtuvo respuesta.

–No tenemos estroboscopios ni luz negra.

–Hay una tienda de luminotecnia teatral en el paseo de la Constitución –apuntó don Bienvenido–. Aunque a estas horas estará cerrada, por supuesto.

–¡Toni, que busquen al dueño y lo saquen de la cama! –bramó mi padre hacia el agente Ramírez–. Si no lo encuentran, que los GEO asalten la tienda directamente. ¡Moncada, vete con Ramírez para indicarle lo que debe traer!

.

Revelación

Mientras Ramírez, Moncada y compañía salían de safari en busca de la luz negra, yo decidí tumbarme un rato sobre un sofá de diseño experimental que descubrí en uno de los rincones de la sala. Tenía una forma tan rara que supuse que me sería imposible dormir sobre él. Pero me equivoqué. Un minuto más tarde, roncaba como un oso gris en la invernada.

Casi una hora después, me despertaron Ramírez y Moncada, entrando en la sala con diversos bultos de buen tamaño que, al desembalarlos, resultaron contener varias grandes bombillas de luz negra y dos tubos fluorescentes de color violeta oscuro, además de una especie de reflector rectangular que imaginé sería el famoso estroboscopio.

Las chicas de la bata blanca se pusieron al momento en acción, buscando el modo de instalar las luces adecuadamente sobre la mesa en que reposaba el rompecabezas. Diez minutos más tarde, el dispositivo estaba listo.

Cuando se apagaron las luces de la sala y se encendieron las lámparas y los tubos de luz negra, todos nos percatamos de que no haría falta recurrir al estroboscopio, al tiempo que sentíamos un imparable cosquilleo en el estómago.

–Oh, Dios mío... ahí está –susurró una de las componentes del equipo.

La luz negra hacía brillar todas las partes claras de la imagen, además de innumerables trazos realizados de forma deliberada con pintura invisible a la luz normal, pero ahora brillante bajo la luz negra. Y el conjunto, por primera vez, ofrecía un aspecto coherente: letras, números y signos de puntuación. Frases incomprensibles a primera vista, pero frases a fin de cuentas.

Para mí, fue un momento de intensa felicidad.

El momento en que todo lo vivido y sufrido durante los últimos días cobraba sentido. Hasta ese instante, nuestra peripecia aún podía ser un simple invento de nuestra imaginación. Cuca, mi madre y yo habíamos tomado decisiones, deducido resultados y sacado conclusiones que quizá no iban más allá de la mera literatura: el argumento algo ridículo de una novelita de espías. Quizá habíamos asociado erróneamente los perros a los rompecabezas, por una mera coincidencia. Los números de los collares podían significar cualquier otra cosa sin importancia o incluso nada. El puzle final que habíamos compuesto en la Academia Marmolejo, aquel que ahora contemplábamos sobre la mesa, podía no ser más que un guirigay de piezas inconexas con un resultado absurdo. Todo podía ser nada.

Hasta este momento.

Ahora, de repente, ya no había duda: al abrir, cuatro días atrás, la puerta de mi casa a don Vicente Barrantes, abrí también la tapadera que dejó paso libre a una asombrosa catarata de acontecimientos. Y todos ellos respondían a una lógica preestablecida. Ahora estaba claro. Era real. Aquellos signos y palabras que brillaban bajo la luz negra acababan de darles sentido. Ya no había lugar para las casualidades ni las coincidencias.

O'Hara, Porcuna y don Vicente realmente habían elaborado, años atrás, un plan misterioso. Lo plasmaron con pintura solo visible a la luz negra sobre un gran puzle formado por piezas escogidas de otros trece rompecabezas. Y ocultaron la clave para montarlo de nuevo mediante números grabados en el interior de los collares de trece perros que los tres amigos se comprometieron a cuidar por separado y a dejarse en herencia unos a otros en caso de fallecimiento.

Pues bien: en apenas cuatro días, y con solo un poquitín de suerte, Cuca, mi madre y yo habíamos conseguido recorrer ese complicado camino a la inversa, hasta volver a componer el puzle final.

Aún recuerdo ese momento como uno de los más felices y excitantes de mi vida.

Un trabajo excelente

Estaba tan absorto contemplando el mensaje oculto en el rompecabezas que no me percaté de que don Vicente se me acercaba hasta que me tocó en el hombro.

Me sobresalté al verle. Iluminados por la luz negra, todos nos habíamos transformado en la versión africana de nosotros mismos: brillantes los dientes y el blanco de los ojos; oscurísima la tez.

–Don Vicente...

–Hola, chaval. Solo quería darte las gracias... y mi enhorabuena. Ha sido un excelente trabajo de investigación. Yo tenía por completo olvidado de qué modo habíamos ocultado el resultado final de nuestro plan. Acudí a tu madre esperando que me ayudase. Pero has sido tú quien ha llegado hasta el final del problema. Tú y esa chica...

–Cuca. Es mi novia.

Don Vicente sonrió brillantemente.

–Un trabajo excelente.

El dilema

—¿Alguien sabe qué demonios significa esto? –preguntó entonces mi padre, señalando el críptico mensaje que mostraba el rompecabezas.

—Parecen secuencias de instrucciones de un programa informático primitivo –dijo, tras unos segundos de incertidumbre, una voz femenina surgida del tenebroso ambiente violáceo que inundaba la sala–. Pero ¿de qué lenguaje se trata?

—Creo que es pascal –apuntó otra de las científicas–. Un idioma de programación propio de los años ochenta y noventa.

—No exactamente –intervino entonces don Vicente–. Es turbo-pascal, una versión avanzada del pascal.

—Muy bien, muy bien –concluyó mi padre–. O sea, que tenemos aquí un programa informático escrito en turbo-pascal. ¿Y para qué sirve el dichoso programa? ¿Podemos enviarlo al satélite? ¿Si lo enviamos nos va a sacar del apuro en el que estamos? ¡Vamos, caramba! ¡Todo el mundo a trabajar sobre eso! ¡Nos quedan dos horas y media para la desintegración!

El equipo de científicas se puso a trabajar. Pero no don Vicente, a quien mi padre sujetó por el codo y obligó a seguirle hasta un rincón de la sala. Yo, disimulando, me senté en un sillón muy cerca de ellos.

–¿Qué ocurre, Manley? –protestaba don Vicente–. ¿No me va a dejar colaborar con sus chicas en el *sprint* final?

–No, don Vicente. No se lo voy a permitir porque sigo sin fiarme de usted.

–Pues hace mal –respondió el jubilado, sin asomo de acritud–. El tiempo se agota y dudo mucho de que estas muchachas tan jóvenes se manejen bien con el turbo-pascal.

–¿Y usted sí?

–Oh, por supuesto. Era uno de los lenguajes de programación más extendidos cuando yo empecé a utilizar la informática. He olvidado muchas otras cosas, pero me acuerdo bastante bien del pascal y el turbo-pascal.

–¡Qué casualidad! –exclamó mi padre, instalado desde hacía rato en un tono burlón.

–No es casual. Me acuerdo del pascal igual que me acuerdo de la ecuación de segundo grado, de cómo se conduce un coche o del idioma francés.

–¡Ah! ¿Sabe usted francés?

–*Oui.*

–¡Vale! O sea, que se acuerda de hablar francés pero no de haber elaborado ese programa y de haberlo ocultado en esos trece rompecabezas con una estrategia tan rebuscada.

Don Vicente sonrió inocentemente.

–Así es. El cerebro es un órgano realmente misterioso, ¿no le parece?

Mi padre, las manos en los bolsillos, caminó en torno a don Vicente, sin dejar de mirarle ni un solo instante. Por fin, se cruzó de brazos al tiempo que se sentaba en el canto de una mesa cercana.

–Si, como dice, solo pretende ayudarnos, respóndame a una pregunta, don Vicente: ¿qué haría usted en mi lugar?

–¿En esta situación? Bueno... sin saber exactamente qué contiene ese programita escrito en turbo-pascal, resulta aventurado darle una respuesta, pero... –aquí, don Vicente hizo una larga pausa– yo que usted, no haría absolutamente nada.

Mi padre sonrió.

–¿Nada? Insinúa que debo dejar que el Cuencasat estalle y destruya el Meteosat?

–Es que... sinceramente, no creo que eso llegue a ocurrir.

Mi padre respiró hondo, como para hacer acopio de paciencia.

–¿Por qué?

–Verá, teniente: yo puedo haber perdido mucha memoria, pero no he olvidado quién soy. Esto no es una película de Hollywood, donde un tipo sufre un accidente y despierta del coma convertido en otra persona completamente diferente a la que era. Yo sigo siendo el mismo, aunque haya perdido por el camino buena parte de mis recuerdos. He dedicado mi vida entera a la ciencia y la tecnología. Es verdad que no recuerdo casi nada de la época en que mis compañeros y yo desarrollamos ese satélite pero... sé que no sería capaz de destruir un ingenio tan sofisticado, útil y caro como el Meteosat. No va con mi carácter.

Mi padre dio unas cuantas zancadas sin rumbo. Se acercó al sillón que yo ocupaba. Me hice el dormido. Incluso simulé roncar.

En ese momento, se encendieron de nuevo las luces normales de la sala y Laurisilva, la jefa del equipo científico, se acercó a nosotros. Aunque era una mujer atractiva, no tenía buena cara. En realidad, allí nadie tenía buena cara en esos momentos.

—Teniente Manley, ya tenemos identificado el contenido del programa.

—¿Ya? ¡Estupendo!

—Por desgracia, no creo que le sirva de mucho. Se trata de una sucesión de códigos destinados básicamente a acceder al sistema del satélite e iniciar una secuencia automática previamente instalada en su ordenador.

—No entiendo nada.

—Verá... el programa contenido en el rompecabezas no es más que una especie de interruptor. Una llave para entrar en el satélite y poner en marcha otros programas ya instalados a bordo. Pero no sabemos cuáles ni qué cometido tienen. Enviar esos códigos podría suponer la explosión inmediata del Cuencasat o, al contrario, la puesta en marcha de su motor para alejarlo del Meteosat. O cualquier otra acción. Imposible saberlo de antemano.

Mi padre gruñó, mientras se frotaba enérgicamente los ojos y el puente de la nariz.

–¡No me fastidies, Moncada! Me estás diciendo que no hay modo de saber si es preferible enviar ese código al satélite o no hacerlo.

–Bueno... así es.

Mi padre lanzó una maldición muy fea. La primera de ese calibre que yo escuchaba de su boca.

–¿Cuál es tu opinión? –le preguntó después a la chica–. ¿Qué harías tú?

La joven doctora en astrofísica se aclaró la garganta.

–Bueno, teniente... en estos momentos, la situación es la peor posible: los dos satélites están uno junto a otro. Faltan solo dos horas para la desintegración del Cuencasat. Yo creo que, si no hacemos nada, la catástrofe está servida. Por lógica, cualquier alternativa es preferible. Mis compañeras y yo pensamos que lo más razonable es transmitir esos códigos al Cuencasat.

Mi padre se volvió despacio hacia don Vicente.

–No lo haga, Manley –le dijo el viejo científico, serenamente, en respuesta a su mirada–. Pese a las apariencias, y a lo que dice esta muchacha tan lista, esa no es la opción más lógica ni la más inteligente.

–¿No?

–¡Claro que no! Es posible que mis amigos y yo anhelásemos vengarnos hace años de quienes nos prometieron algo que no cumplieron. Es posible que trazásemos un plan. Pero, como ya le dije, soy un científico, no un terrorista. No sé qué ocurrirá si transmitimos esos códigos al satélite. Pero estoy convencido de que, si no hacemos nada, el Meteosat no corre peligro.

–¡Pues ahora mismo parece que sí corre peligro!

–Piense lo que quiera, Manley –dijo don Vicente–. Yo sé que la opción buena es quedarse de brazos cruzados y esperar.

–¡No, no lo sabe! Quizá lo crea, pero no puede estar seguro de semejante cosa.

Don Vicente chasqueó la lengua.

–Hombre... desde luego, seguro al cien por cien, no estoy. Digamos que lo estoy al noventa por ciento.

Yo ya había dejado de disimular y asistía a la discusión tratando de sacar mis propias conclusiones.

–Y también podría ser –continuó mi padre, de pronto, dirigiéndose de nuevo a don Vicente– que esté intentando engañarme todo el rato. Puede que enviar al Cuencasat los códigos que hemos encontrado en ese rompecabezas sea el único modo de evitar la destrucción del Meteosat y que usted esté ahora tratando de convencerme de que no lo haga.

Don Vicente afiló la mirada y se encogió lentamente de hombros.

–Podría ser. Yo le he dado mi parecer. Ahora, usted verá. La decisión es suya.

Mi padre permaneció serio y con la mirada perdida durante unos segundos. Después, se volvió hacia la jefa de su equipo científico.

–Laurisilva, ¿cuánto tiempo tenemos para tomar la decisión?

–Hemos calculado que el Cuencasat debería encender su motor de propulsión al menos doce minutos antes de desintegrarse. Eso le debería permitir alejarse del Meteosat lo suficiente como para que la explosión no le afecte. La desintegración del Cuencasat está prevista para las ocho treinta horas. La decisión de enviar los códigos debe tomarse, como máximo, a las ocho y quince.

–Tenemos, por tanto, dos horas y cinco minutos –concluyó mi padre consultando su reloj.

–Así es.

–Entonces, me voy a dormir una hora y media, porque no me tengo en pie y me siento incapaz de pensar con claridad. Volveré a las siete y media, con la decisión tomada. Si ocurre algo importante antes, avisadme. Estaré en mi despacho.

El azar

Cuando mi padre abandonó la sala, las científicas al mando de Laurisilva Moncada volvieron a reunirse en torno a una de las mesas, y pronto el murmullo de sus conversaciones invadió la sala.

Siempre vigilado de cerca por el agente Ramírez, don Vicente se acercó a mí.

–Tienes mala cara, chico –me dijo–. ¿Por qué no te vas a casa, a dormir? Cuando despiertes, todo habrá acabado.

–Ni hablar. Yo ya no me muevo de aquí hasta el final. Quiero saber cómo termina esto en el mismo momento en que ocurra. No me apetece que nadie me lo cuente.

Don Vicente asintió.

–Lo entiendo. También yo tengo curiosidad por conocer el desenlace de esta historia –dijo, sonriendo–. ¿Qué pasará? ¿Meterá tu padre la pata o tomará la decisión acertada?

–Eso me pregunto yo. ¿Usted qué cree?

211

—Confío en que haga lo correcto, claro está. Yo ya le he dado mi opinión. Ahora es cosa suya.

—¿Suya? Yo diría de la suerte, más bien. Me parece una apuesta a cara o cruz.

Don Vicente frunció el ceño.

—No, no te engañes... el azar no influye casi nunca. La mala suerte es la excusa de quienes carecen de talento. Aquí, el resultado depende de la inteligencia, de la capacidad de análisis, de la audacia, quizá... pero no de la suerte.

—Si usted lo dice...

—¿Tú qué harías en esta situación, chico?

—¿Si estuviera en el lugar de mi padre?

—Eso es.

Hacía un rato que tenía pensada esa respuesta.

—Haría siempre lo contrario de lo que usted me dijera.

Don Vicente se echó a reír.

—Interesante —concluyó.

Pensaba tumbarme a dormir un rato en el sofá de diseño, pero, de pronto, mi teléfono móvil emitió un sonido de campana que me avisaba de la llegada de un SMS.

«Estás despierto?»

Era de Cuca. Marqué su número.

—Hola. ¿Qué haces?

—No podía dormir. ¿Y tú?

Cuando le expliqué que estaba en el cuartel general del CNI, siguiendo en primera persona el desenlace de la crisis del Cuencasat, la oí gruñir de rabia.

–¡Y yo aquí, en casa y desvelada! Esto no te lo perdonaré nunca. Cuéntame todo lo que ha pasado. Con pelos y señales.

Durante casi veinte minutos la puse al corriente del tira y afloja mantenido entre don Vicente y mi padre, aunque, de vez en cuando, ella me interrumpía para mandarme un beso telefónico. Es un cielo.

–¿Qué decisión crees que va a tomar tu padre? –me preguntó, al final.

–No lo sé. No ha dicho nada que permita adivinarlo. Y, además, apenas lo conozco. ¿Qué harías tú?

–Por lo que me has dicho... yo haría caso a don Vicente. ¿Y tú?

–Exactamente lo contrario.

La oí reír a través de las ondas de radiofrecuencia.

–¿Ves como formamos un gran equipo? –dijo, después–. Pase lo que pase, uno de los dos acierta seguro.

La decisión

A las ocho menos cuarto apareció mi padre de nuevo en la sala. Tenía mucho mejor aspecto. Había descansado, se había duchado, se había cambiado de traje y parecía un hombre nuevo.

No dijo nada. Creo que ni siquiera saludó. Fue a contemplar una vez más el rompecabezas y pareció estudiarlo con atención durante cinco largos minutos. Por supuesto, yo creo que no lo miraba sino que, simplemente, pensaba.

Pero cada vez quedaba menos tiempo para las dudas.

Miró entonces a don Vicente Barrantes y le hizo un gesto para que se acercase a él.

–¿Sigue opinando que, como usted es un gran tipo, el Meteosat no corre peligro y que la mejor opción es no hacer nada?

–Desde luego.

–Ya. Ya, ya, ya... El problema es que en la preparación del plan participaron también sus dos compañeros O'Hara y Porcuna. Quizá ellos no fueran tan escrupulosos como usted. Quizás a ellos les pareciese una venganza estupenda convertir en chatarra el Meteosat.

Don Vicente bajó la vista.

–Sinceramente, no lo creo. Está claro, por lo que me han contado ustedes, que la Diputación nos dejó dinero a deber; pero se trata solo de dinero. Afortunadamente, hasta donde yo sé, ni mis compañeros ni yo hemos pasado apuros económicos en nuestra vida.

–Hombre, don Vicente... no es solo dinero. Fueron tres años de trabajo por los que cobraron menos de la mitad de lo prometido. Si a mí dejasen de pagarme año y medio de sueldo... en fin, aunque no tuviese problemas de dinero, me pillaría un buen rebote.

–Si nuestro objetivo fuera destruir el Meteosat, lo habríamos hecho de modo que nadie pudiera impedirlo.

–¿A qué se refiere?

–Habría sido muy fácil programar el desplazamiento del Cuencasat para hoy, media hora antes de su destrucción. De ese modo no habrían tenido ustedes tiempo de reaccionar. ¿Por qué concederles casi una semana para encontrar una posible solución?

–No lo sé –admitió mi padre–. Quizá la maniobra del satélite solo era posible en ese momento. Quizá deseaban disfrutar de nuestros inútiles esfuerzos por salvar el Meteosat. O quizá necesitaban ese tiempo para negociar las condiciones de un chantaje.

–¿Un... chantaje?

–Tal vez usted y sus amigos tenían pensado pedir una elevada cantidad de dinero a cambio de no destruir el Meteosat. De este modo dispondrían de varios días para negociar. Y solo en caso de conseguir ese rescate facilitarían al gobierno los códigos escondidos en el rompecabezas.

–Entiendo. Buena teoría, lo admito. Aunque quizá utilizásemos la lógica contraria: en caso de que el gobierno no se plegase a nuestras exigencias, nosotros enviaríamos los códigos, que condenarían irremediablemente al Meteosat a la destrucción.

Mi padre sonreía todo el rato. Quizá fuera una sonrisa nerviosa, inevitable, fruto de la tensión del momento. Pero lo cierto es que parecía tranquila y sincera.

–Ajá. Buena réplica, don Vicente. Y eso nos lleva una vez más a la conclusión de que no es posible saber con seguridad cuál es la decisión adecuada. Enviar esos códigos al satélite puede significar dar el paso definitivo hacia la catástrofe... o justamente todo lo contrario.

–Cierto. El problema ahora es que empieza a ser inevitable tomar esa decisión. El tiempo se agota.

–No se preocupe por eso: tengo tomada la decisión.

–¿De veras? En ese caso, no nos haga sufrir más, se lo ruego.

Todos los que nos hallábamos en la sala hacía rato que solo atendíamos a la conversación entre mi padre y don Vicente Barrantes. Y el momento álgido había llegado. Mi padre incluso se permitió una pequeña actuación teatral, imitando el presentador de la última gala de los premios Oscar.

–Y la respuesta ganadora es... ¡hop!... que voy a fiarme de usted, don Vicente. No vamos a enviar esos códigos. No vamos a hacer nada.

El viejo científico sacudió la cabeza ligeramente, como si no acabase de creer la decisión tomada por mi padre. Manley le sostuvo la mirada, muy serio. Y no sé durante cuánto tiempo habrían permanecido así, mirándose fijamente el uno al otro, de no ser porque Laurisilva Moncada, de repente, saltó de su silla, con la tez colorada como un pimiento.

–¡Con todo respeto, mi teniente! –exclamó–. ¡Creo que la lógica más elemental nos está gritando que la decisión correcta es la contraria! ¡Hay que enviar ese programa con los códigos! ¡Y hay que hacerlo dentro de los próximos quince minutos! ¡Falta solo media hora para la explosión y en un cuarto de hora habremos sobrepasado el punto de no retorno!

–Lo siento, Moncada, pero mi decisión es firme y definitiva.

–¡Quiero hacer constar mi oposición!

–Muy bien. Ha quedado claro y cuando salgas de aquí puedes remitirle una queja al general Cascorro. Ahora, vuelve a tu puesto y permanece atenta. Faltan muy pocos minutos para el momento decisivo.

–¡Si su decisión es que no hagamos nada, no entiendo para qué...!

–Cállate, caramba –le cortó mi padre–. Quiero que tu equipo esté preparado para cualquier contingencia. Y, por supuesto, quiero saber en todo momento qué sucede con ese condenado satélite.

El que habló entonces fue don Vicente.

–Quien ya no tiene nada que hacer aquí soy yo. ¿Puedo marcharme a mi casa?

–¡Pero qué dice, hombre! –exclamó mi padre–. ¡De eso nada! De aquí ya no se mueve nadie. Vamos todos a esperar unos minutos para averiguar quién tenía razón y quién mentía. ¿De veras sería capaz de marcharse a casa ahora, sin conocer el desenlace de este asunto? ¡Vamos, Vicente! Solo falta media hora. La media hora más apasionante de su vida. Media hora más y conoceremos la verdad. ¿O acaso usted ya sabe cuál es la verdad?

–No insista en eso, Manley.

–¡Por favor! Déjeme decirlo por última vez: creo que su memoria no le falla tanto como nos ha dicho. Creo que, de todos los que aquí estamos, usted es el único que sabe perfectamente lo que va a ocurrir.

Don Vicente hizo el gesto de replicarle pero mi padre le dio la espalda, dejándolo con la palabra en la boca. Y se acercó a mí.

–Félix...

–Felipe... o sea, papá.

–¿Cómo estás?

–Cansado.

–Sí, yo también lo estoy. Pero ya falta muy poco para que todo esto termine de un modo u otro. Y, pase lo que pase, supongo que recordaremos este día durante el resto de nuestras vidas.

–Eso es verdad.

–¿Qué opinas?

–¿De qué?

–¡Hombre, Félix! ¿De qué va a ser?

–¡Ah! Pues... la verdad, yo creo que te equivocas.

–¿Ah, sí?

–Creo que la señorita Moncada tiene razón y deberías enviar al satélite ese programita con los códigos, diga lo que diga don Vicente.

Felipe Manley me tomó por los hombros y me habló muy serio.

–¿Sabes, Félix? Aunque hasta ahora no hayamos compartido ni un solo día de nuestras vidas... me alegra comprobar que eres capaz de llevarme la contraria como un verdadero hijo.

–Gracias, papá. Y, por si te sirve de consuelo, Cuca opina exactamente como tú. Cree que hay que hacer caso a don Vicente y que lo mejor es no hacer nada. Y Cuca es la chica más lista de clase.

–Esa Cuca... es tu novia, ¿no?

–Bueno... sí, más o menos –admití, sintiendo un caracoleo en las tripas.

–¿Y cómo has conseguido enamorar a la chica más lista de tu clase?

–Como hiciste tú con mamá: mintiendo como un bellaco. Le he dicho que de mayor pienso ser agente de seguros. Y no es verdad. Pienso ser agente secreto. Como tú. Por cierto, espero que, llegado el momento, me enchufes para entrar en el CNI.

Mi padre miró un momento al techo, antes de responder.

—¡Buf! Si esto sale mal y nos cargamos el Meteosat, el CNI vetará la entrada de mis descendientes durante al menos diez generaciones. Y yo tendré mucha suerte si puedo ganarme la vida en adelante vendiendo seguros de entierro.

—Ya. Pero todo va a salir bien, ¿verdad? Como en las películas americanas.

Mi padre se apretó las sienes con las manos. Le crujieron los hombros.

—¡Eso espero! Lo malo es que esto es una novela española, no una película americana.

—¡Diez minutos para el momento de no-retorno! —exclamó una de las chicas del equipo.

Mi padre inició entonces un lento paseo por la sala, manos a la espalda. Poco a poco, le fue dando una vuelta completa, tarea en la que consumió los siguientes cinco minutos. Y, de repente, se dirigió al puesto que ocupaba Laurisilva.

—Cambio de planes, Moncada. Pon en marcha ese programa y envía de inmediato los códigos al satélite.

—¿Qué?

—Ya me has oído. ¡Manda esos códigos al Cuencasat!

—¡A la orden!

Don Vicente, sentado en el sillón que yo había ocupado antes, alzó una ceja.

Las cinco científicas del equipo operaron como posesas en sus ordenadores durante los siguientes dos minutos. Cuando todas ellas hubieron alzado la mano hacia la jefa del equipo, esta se volvió hacia Manley.

–Listos para transmitir, teniente.

–Adelante, adelante.

En uno de los puestos, alguien escribió la palabra RUN. Moncada, entonces, colocó su índice derecho sobre la tecla ENTER.

–Después de esto, ya no hay vuelta atrás.

–Entendido –respondió mi padre–. Dale de una condenada vez.

Todos oímos –¡tac!– el sonido que produjo. Nunca lo olvidaré.

–Hecho, teniente –dijo Moncada.

–Bien. ¿Cómo sabremos lo que ocurre con el satélite? –preguntó mi padre.

–Estamos en comunicación con el centro de seguimiento espacial de Robledo de Chavela, en Madrid. Ellos nos lo contarán en directo.

Durante los siguientes minutos pude comprobar en vivo lo que en las descripciones literarias se denomina «un largo y espeso silencio». Lo rompió mi padre.

–Moncada, ¿cuándo debería encender su motor el Cuencasat para que todo vaya bien?

La joven doctora se ajustó las gafas antes de responder.

–Lo cierto es que debería haberlo hecho hace treinta segundos.

Mi padre bajó la vista.

–Maldita sea... ¿Y no ha ocurrido nada?

–Por ahora... ¡Un momento! Llaman de Robledo de Chavela.

–¡Amplifícalo!

Laurisilva accionó algunos reóstatos y, tras un breve período de fritura estática, escuchamos una voz de hombre a través de los altavoces conectados a uno de los ordenadores.

–El Cuencasat se está moviendo.

–¿Está seguro? –preguntó Laurisilva.

–Sí, sí. Tengo confirmación. El motor de propulsión de la nave se ha puesto en marcha. El desplazamiento es aún lento, pero ya resulta apreciable a través de los instrumentos.

La noticia provocó la euforia de todos los presentes. Solo mi padre y don Vicente guardaron una fría calma mientras se miraban uno al otro, en la distancia.

–Pero el peligro aún no ha pasado –murmuró mi padre, acto seguido–. ¿Se alejará lo bastante del Meteosat como para no dañarlo con su explosión?

–Si todo va bien, la distancia entre ambos en el momento de la desintegración del Cuencasat debería bastar. Pero es difícil de saber. Tendremos que esperar aún un poco más.

–¿Hasta qué distancia debería alejarse para que no haya peligro?

–No hay una distancia totalmente segura. Mejor, cuanto más lejos, claro está; pero más importante que la distancia es la velocidad con que el Cuencasat se esté alejando. Las explosiones en el espacio son muy distintas a las que se producen en la Tierra, donde hay atmósfera. En el vacío no se produce una onda expansiva, porque no hay aire que se pueda comprimir. Pero los fragmentos del satélite saldrán despedidos en todas direcciones y ya no perderán velocidad ni se detendrán jamás, a no ser que choquen contra algo. Sin embargo, hay que confiar en que la velocidad de huida del Cuencasat anule la de los fragmentos que se dirijan hacia el Meteosat y que, así, este no se vea afectado.

–No he entendido nada, Moncada. ¡Como siempre! Pero intuyo que cuanto más tiempo funcione el motor del Cuencasat antes de su autodestrucción, más posibilidades tenemos de salir bien parados de esto, ¿no es así?

–En esencia, así es, teniente.

El centro de seguimiento espacial nos fue suministrando datos cada minuto. Durante los primeros nueve minutos, todo fue bien.

–El Cuencasat continúa acelerando uniformemente, impulsado por su motor-cohete –fue el mensaje que repitieron varias veces desde Robledo de Chavela y que hacía sonreír con creciente alivio a todas las componentes del equipo.

Sin embargo, faltando aún cinco minutos para la desintegración, cambió la información.

–El satélite se desplaza ahora con velocidad uniforme. Eso significa que el motor se ha parado.

–Se habrá agotado el combustible –dedujo Laurisilva.

–¿Qué va a ocurrir ahora?

–Ya no puede acelerar, pero sí se seguirá alejando del Meteosat a la máxima velocidad conseguida.

–¿Cuánto falta para la explosión?

–Teóricamente, cuatro minutos. Pero, claro, en un acontecimiento programado hace veinte años podría existir cierto margen de error.

Si existió algún error, este fue mínimo.

Justo cuando se cumplía el plazo, una de las compañeras de Moncada lo anunció:

–Ha estallado. Acabamos de perder todas las señales. Y su rastro se ha borrado de las pantallas.

Veinte segundos más tarde, llegó la confirmación del Centro de Seguimiento Espacial.

–Confirmado. Su satélite se ha desintegrado. Descanse en paz.

–¿Y qué pasa con el Meteosat? ¿Está bien?

–Habrá que esperar un par de minutos para saber si lo han alcanzado algunos de los fragmentos de la explosión y le han causado daños.

En medio de una extraordinaria tensión, esperamos no dos sino diez minutos hasta que volvimos a oír la voz que nos llegaba desde Robledo de Chavela.

–Puestos al habla con la Agencia Europea de Meteorología, nos confirman que el Meteosat sigue perfectamente operativo. Ningún problema. Todo en verde. Felicidades.

Allí se rompió la tensión. Se oyeron gritos de alivio, aplausos y vítores. Las chicas del equipo intercambiaron besos y felicitaciones, incluso con Ramírez y los otros agentes. Yo me acerqué a mi padre y nos dimos el primer abrazo de nuestras vidas.

–¿Aún sigues queriendo ser agente secreto, después de todo esto?

–Bueno... me lo pensaré. Tengo tiempo de sobra, ¿no?

En ese momento, descubrí a mi espalda a don Vicente.

–Supongo que ya puedo irme a casa.

–Ahora sí –accedió mi padre.

–Pero antes, déjeme felicitarles a los dos. A ti, Félix, por tu investigación desde la búsqueda de Marajá hasta llegar al rompecabezas final. Una labor impresionante.

–Gracias. Fue Cuca, mi novia, la que nos puso en el camino correcto.

–Una chica excepcional, sin duda. Procura conservar su cariño, porque no abundan las personas como ella. Y en cuanto a usted, teniente, reciba mi enhorabuena. Al final, parece ser que yo estaba equivocado y usted tomó valientemente la decisión correcta.

Don Vicente le tendió la mano y mi padre, tras un momento de duda, se la estrechó. Sin soltarla, bajó el tono de voz para contestarle.

–Ni por un momento piense que me ha engañado.

–Perdón... ¿cómo dice?

–No hace falta que disimule más, don Vicente. Usted sabía desde el primer momento cuál era la decisión correcta, ¿verdad?

El jubilado llenó sus pulmones de aire lentamente.

–Bueno... es cierto que hace cosa de un par de días recordé inesperadamente algunos detalles que tenía olvidados. No tantos como para haber encontrado por mí mismo el rompecabezas con los códigos, pero sí suficientes para saber en qué consistía el plan que mis amigos y yo trazamos en su día.

–¡Estaba seguro de ello! –exclamó mi padre, con satisfacción.

–Sin embargo, yo había perdido ya su confianza, así que decidí que sería mejor limitarme a procurar que usted tomase la decisión correcta por sí mismo.

–Por eso me mintió. Me recomendó que no enviase el programa con los códigos porque suponía que yo siempre optaría por hacer lo contrario de lo que usted me indicase.

Don Vicente arrugó la nariz al sonreír.

–Vaya... a lo mejor le he juzgado mal y resulta que es usted más listo de lo que yo pensaba. En efecto, esa fue mi estrategia. Sin embargo, creo recordar que cambió usted de opinión en los últimos momentos.

Mi padre sonrió.

–No, don Vicente, no cambié de opinión. Mi decisión estaba ya tomada. Pero durante unos minutos hice creer a todos que había optado por la opción contraria. Lo hice solo para asegurarme. Para poder contemplar su reacción.

–¿La mía? Me halaga, teniente. ¿Y cuál fue mi reacción?

Mi padre, ahora ya, rió abiertamente.

–¡Tendría que haberse visto en un espejo! Cuando le di a Moncada la orden de no hacer nada, sus ojos se inundaron de inmediato de desconcierto y decepción. En ese momento tuve la certeza de que mi apuesta era la buena.

–Me alegra que fuera usted tan sagaz. Todo ha salido bien.

–De todos modos, me intriga una cosa: ¿qué habría hecho usted si mi decisión final hubiese sido no enviar los códigos al Cuencasat? Habría intentado hacerme cambiar de idea, supongo.

Don Vicente torció el gesto.

–Es difícil decirlo ahora, pero... seguramente, no.

–Habría permitido, entonces, que el Meteosat resultase destruido.

–¡Oh, no, no! –negó don Vicente, con un deje de fastidio–. La maniobra de escape del Cuencasat estaba programada en cualquier caso. Fuese cual fuese su decisión, enviase o no los códigos, el motor del satélite se debía poner en marcha en el mismo instante. El Meteosat no corrió peligro en ningún momento, se lo aseguro.

Mi padre parpadeó lentamente.

–No... no lo entiendo. Entonces... ¿cuál era la diferencia? ¿Para qué ha servido el programa oculto en el rompecabezas y los códigos que enviamos al Cuencasat? ¿Para nada? ¿Era algo totalmente indiferente?

Don Vicente Barrantes volvió a exhibir su sonrisa más beatífica, esa que yo ya le había visto en un par de ocasiones.

–Bueno... yo no diría totalmente indiferente.

Y tras esa enigmática frase, nos guiñó un ojo, tomó de un perchero su sombrero panamá, se lo puso en la cabeza un tanto ladeado y abandonó la sala caminando como lo habría hecho Sir Laurence Olivier en un mutis de *Hamlet*.

Epílogo

Alguien sacó de alguna parte unas botellas de cava y durante un rato hubo risas y alegría entre el equipo de Laurisilva Moncada y los agentes secretos al mando de mi padre.

Por fin, una vez que el jolgorio no dio más de sí, él y yo decidimos abandonar el cuartel general y marcharnos a casa.

Cuando pasábamos ante el control de planta, una telefonista pelirroja nos hizo una seña.

–Teniente Manley, ¿podría atender una llamada telefónica, por favor?

–¿De qué se trata?

–Nos han llamado ya dos veces de la Diputación Foral de Cuenca. Preguntan por el responsable de la gestión de la crisis del satélite.

—Páseles con el General Cascorro. Oficialmente, él es el jefe.

—Es que todavía no ha llegado. El general no suele ser muy puntual por las mañanas.

Mi padre gruñó largamente, pero acabó aceptando. Tomó el auricular y habló acodado en el mostrador.

—Al habla el teniente Felipe Manley, dígame.

—Teniente, soy Augusto Dupin, de la Diputación de Cuenca.

—Mucho gusto. ¿Qué se le ofrece, Dupin?

—Verá... Le llamo porque, hace cosa de cuarenta minutos, hemos sufrido una intrusión en nuestro sistema informático de contabilidad.

—Ay, la informática... Nos ha hecho más fácil la vida, pero cuántos disgustos nos da, ¿verdad? Quizá deberían ustedes comprar un buen antivirus, ¿lo ha pensado? En todo caso, no sé qué tiene eso que ver conmigo. Hay aquí un departamento especializado en ataques informáticos, pero yo...

—Disculpe que le interrumpa. Claro que tenemos un buen antivirus y un cortafuegos de primera. Pero resulta que el intruso ha accedido a nuestro sistema de un modo inesperado: a través del canal de comunicaciones del satélite Cuencasat.

Mi padre alzó las cejas, se irguió y dio la espalda a la secretaria antes de seguir hablando.

—Ah... vaya, qué curioso.

—Al parecer, mediante un sencillo programa informático, alguien ha introducido a través del satélite una serie de códigos ordenando a nuestra tesorería realizar tres trasferencias de fondos *on-line* a tres cuentas bancarias.

–A algún paraíso fiscal, imagino.

–No, no, nada de eso: aquí, a España. Son tres cuentas particulares. Una, a nombre de don Vicente Barrantes. Otra, a nombre de la viuda de don Alfredo Porcuna. La tercera, a nombre de herederos de don Eladio O'Hara. Supongo que le suenan.

–Me suenan, sí. ¿Y... se trata de mucho dinero?

–Según se mire. En el total de las tres, algo más de seiscientos mil euros.

–¡Caramba! Pero... si esas trasferencias se han realizado de forma fraudulenta, supongo que no tendrán ustedes problema en anularlas y recuperar el dinero.

La pausa de su interlocutor ya le indicó a mi padre que la respuesta no iba a ser afirmativa.

–Verá, existe un problema: las cantidades trasferidas se corresponden con el importe y los intereses hasta día de hoy de una deuda muy antigua que nuestra institución mantenía con los titulares de esas cuentas, precisamente.

A mi padre se le iluminó la expresión.

–Ah, vamos... me está diciendo que, aunque no pensaban pagarlo, ese dinero estaría correctamente abonado.

–Hombre, a ver... sí pensábamos pagar pero... más adelante, cuando hubiera pasado la crisis.

–Entiendo. Y, claro, si el pago figuraba como pendiente en sus libros, no tienen ustedes argumentos para solicitar la devolución del dinero.

–Pues... así es. Más o menos, sí.

La sonrisa de mi padre se había vuelto radiante. Estaba disfrutando.

–¿Y qué quiere que yo le haga?

–Bueno, verá, teniente: nuestro servicio jurídico cree que habría una posibilidad de recuperar el dinero si demostramos que la orden de pago no procedía de nuestra tesorería sino que fue efectuada de forma anómala, por un intruso, a través del satélite.

–Ya, ya, ya... pero, claro, como usted ya sabrá, el Cuencasat se ha desintegrado en el espacio hace poco más de una hora. No queda ni rastro de esos códigos. No queda rastro de nada.

–Pensábamos –insistió Dupin– que quizá su departamento habría guardado una copia de seguridad de todas las transmisiones que han efectuado en los últimos días relacionadas con el Cuencasat.

Mi padre hizo una breve pausa y, luego, chasqueó la lengua.

–¡Mecachis....! ¡Ya sabía yo que se me olvidaba algo. Pues no, mire, no hemos guardado ninguna copia de nada. Como estábamos todos tan liados intentando que su maldito satélite no hiciera añicos el Meteosat... que, por cierto, eso sí habría supuesto para ustedes un problema gordo. Pero gordo, gordo. Vamos, yo creo que habrían tenido que vender la Ciudad Encantada y las casas colgantes para pagar el destrozo. Así que yo diría que han salido ustedes muy, pero que muy bien parados de todo este asunto. ¿Quiere mi consejo, Dupin? No le den más vueltas al tema y felicítense por su buena suerte. En realidad, no han perdido ni un céntimo; simplemente, han pagado una deuda. Y el que paga, descansa.

—Bueno, no sé si...

—¿Puedo hacer algo más por usted?

—Pues... no. De momento, creo que no. Gracias, teniente.

—No las merece. Adiós, buenos días.

Cuando mi padre colgó el auricular empezó a reír como yo no le había visto hacerlo hasta ahora.

—¡Condenado don Vicente! —exclamó entre dos carcajadas—. ¡Pues claro que esos códigos servían para algo!

—¿Qué ha ocurrido? —le pregunté cuando se hubo calmado.

—Enseguida te lo explicaré todo con pelos y señales. Así podrás contarlo algún día en una novela, si te apetece.

—No creo que me dedique a escribir novelas, pero en fin...

Mi padre consultó su reloj.

—Son las nueve y media. ¿Qué te parece si llamamos a tu madre y nos vamos los tres a desayunar a esa chocolatería de nuestro barrio...?

—La Chocolatería Hernández. Me parece bien. ¿Puedo invitar a mi amiga Cuca?

—Pues claro que puedes. ¡Anda que no tengo yo ganas ni nada de hablar largo y tendido con esa chica tan lista! Porque me has dicho que es muy lista, ¿no?

—¡Buoh...! Listísima.

—Tiene que serlo, para haberse ligado a un tipo como tú.

—Bueno... en realidad fui yo quien ligó con ella.

233

−¿Eso crees? ¡Qué va! A pesar de las apariencias, siempre son ellas las que ligan con nosotros.

−¿En serio?

−Lo que yo te diga, hijo. Lo que yo te diga.

Y así, hablando con mi padre de chicas por primera vez en mi vida, abandonamos el edificio del cuartel general por la puerta reservada a los agentes secretos y salimos a la calle.

Desde hacía una hora, había un satélite menos sobrevolando el cielo. El sol brillaba con fuerza.

La mañana era azul y alegre.

Índice

Fernando Lalana

Fernando Lalana nació en Zaragoza en 1958. Tras estudiar Derecho, encamina sus pasos hacia la literatura, que se convierte en su primera y única profesión al quedar finalista en 1981 del Premio Barco de Vapor con *El secreto de la arboleda* (1982), y de ganar el Premio Gran Angular 1984 con *El zulo* (1985).

Desde entonces, Fernando Lalana ha publicado más de un centenar de libros de literatura infantil y juvenil.

Ha ganado en otras dos ocasiones el Premio Gran Angular de novela, con *Hubo una vez otra guerra* (en colaboración con Luis A. Puente), en 1988, y con *Scratch*, en 1991. En 1990 recibe la Mención de Honor del Premio Lazarillo por *La bomba* (con J. M. Almárcegui); en 1991, el Premio Barco de Vapor por *Silvia y la máquina Qué* (con J. M. Almárcegui); en 1993, el Premio de la Feria del Libro de Almería, que concede la Junta de Andalucía, por *El ángel caído*. En 2006, el Premio Jaén por *Perpetuum Mobile*; en 2009, el Latin Book Award por *El asunto Galindo*; en 2010, el Premio Cervantes Chico por su trayectoria y el conjunto de su obra, y en 2012 el XX Premio Edebé por *Parque Muerte*.

En 1991, el Ministerio de Cultura le concede el Premio Nacional de Literatura Infantil y Juvenil por *Morirás en Chafarinas*; premio del que ya había sido finalista en 1985 con *El zulo* y del que volvería a serlo en 1997 con *El paso del estrecho*.

Fernando Lalana vive en Zaragoza, sobre las piedras que habitaron los romanos de Cesaraugusta y los musulmanes de Medina Albaida; es decir, en el casco viejo.

Si quieres saber más cosas de él, puedes conectarte a: www.fernandolalana.com

Bambú Exit

Ana y la Sibila
Antonio Sánchez-
Escalonilla

El libro azul
Lluís Prats

La canción de Shao Li
Marisol Ortiz de Zárate

La tuneladora
Fernando Lalana

El asunto Galindo
Fernando Lalana

El último muerto
Fernando Lalana

Amsterdam Solitaire
Fernando Lalana

Tigre, tigre
Lynne Reid Banks

Un día de trigo
Anna Cabeza

Cantan los gallos
Marisol Ortiz de Zárate

Ciudad de huérfanos
Avi

13 perros
Fernando Lalana

Nunca más
Fernando Lalana
José M.ª Almárcegui

No es invisible
Marcus Sedgwick

*Las aventuras de
George Macallan.
Una bala perdida*
Fernando Lalana

*Big Game
(Caza mayor)*
Dan Smith

*Las aventuras de
George Macallan.
Kansas City*
Fernando Lalana

*La artillería de
Mr. Smith*
Damián Montes

El matarife
Fernando Lalana

*El hermano
del tiempo*
Miguel Sandín

*El árbol de
las mentiras*
Frances Hardinge

Escartín en Lima
Fernando Lalana

Chatarra
Pádraig Kenny

La canción del cuco
Frances Hardinge

*Atrapado en
mi burbuja*
Stewart Foster

El silencio de la rana
Miguel Sandín

13 perros y medio
Fernando Lalana

*La guerra de
los botones*
Avi

Synchronicity
Víctor Panicello

*La luz de las
profundidades*
Frances Hardinge

Los del medio
Kirsty Appelbaum

*La última grulla
de papel*
Kerry Drewery

Lo que el río lleva
Víctor Panicello

Disidentes
Rosa Huertas

El chico del periódico
Vince Vawter